現実離れした
美少女転校生が、
親の決めた同居相手で困る
Young Lady
JN049460

「昔のように……
れーちゃん、でも構いませんよ」
天宮玲奈
Reina Amamiya
高級料亭を旗艦とした食品会社を営む家のお嬢様。
16歳にして、語学堪能の才媛かつ、料理もプロ級の腕前。
健と同居するために、お嬢様学校から転校してきた。

「今日だけは、
甘えさせてください」

Sleepwear × Young Lady

# 現実離れした美少女転校生が、親の決めた同居相手で困る

水棲虫

ファンタジア文庫

3398

口絵・本文イラスト　れーかるる

*Genzitubanaresita*
*bisyozyotenkoseiga,*
*oyanokimeta dokyoaitedekomaru.*

目次

# 一章

一族経営の大企業。その四男ともなれば、他に類を見ないほどおいしい立ち位置だ。大した責任も無しに金とコネが手に入るのだから、人生イージーモードだ。入谷《いりや》健《たける》はそう思っていた。

その甘い人生プランがあっさり崩壊したのは今から一ヶ月ほど前。

お家騒動の果てに兄三人が家を去り、そこから色々あって、健は欲しくもなかった――と言うよりもむしろ要らなかった――次期社長の肩書を手に入れてしまった。

しかも……それだけで済めばどれだけ良《よ》かっただろうか。

「マジでどうしよう……」

高校二年への進級を控えた春休み。健は一人暮らしをするマンションのリビングで、ソファーに体を沈ませながら大きなため息をついた。

朝イチで連絡を貰《もら》って以来、今日はずっとこの調子だ。何度目かは数えていないが、両手の指で足りないことは間違い無い。

一人暮らしには広すぎるくらいの２ＬＤＫは、父の所有する物件の一室。高校入学時から約一年、健はこの部屋で悠々自適に過ごしてきた。

これから先の人生も、きっとこんな風に続いていくと思っていたのに。そう考えてため息の数をもう一回増やしたところで、玄関のチャイムが鳴らされた。

待たせる訳にもいかず、重い腰を上げて玄関まで辿《たど》り着《つ》き、扉を開けると——

「こんにちは」

見たことも無いほどに美しい少女がいた。

「お久しぶりです、入谷健さん」

現実感が無く、夢でも見ているのかと思って反応ができなかったほどだ。

しかし、少女は綺麗《きれい》に澄んだ声を少し弾ませながら健の名前を呼び——

「婚約者として、これからよろしくお願い致します」

何も言えないままの健の目の前で、少女は淑《しと》やかに微笑《ほほえ》んでからそう言って、見惚《みと》れるほどに流麗な動作で腰を折った。

「あ、ああ……」

彼女の艶めく栗色《くりいろ》の髪の一房がさらりと流れるのを見ながら、健はそれだけしか口に出せなかった。

入谷健は、次期社長の肩書だけでなく、婚約者まで得ることになってしまったのだった。

婚約の話が纏《まと》まったのは一週間前。実家からは一度戻って来いと言われていたが、言い訳を続けて逃げ回っていたところ、ついに婚約者が訪ねて来た。というのが事の顚末《てんまつ》で、健が朝からずっとため息をついていた理由だ。

(流石《さすが》に家に来させたら逃げられないよな)

ソファーに座ってもらった婚約者をちらりと窺《うかが》う。綺麗な姿勢で微笑む彼女には、ブラウスの上に淡い色のカーディガンを羽織り、ロングスカートを合わせた楚々《そそ》とした装《よそお》いがとても良く似合っている。

(訳わかんないくらい可愛《かわい》いな)

彼女の名前は、天宮玲奈《あまみやれいな》という。古くから続く名家の三女で、健と同い年。

玲奈を端的に言ってしまえば、非現実的なまでに美しいお嬢様だ。

鼻梁《びりょう》は高く整っており、くっきりとした二重まぶたと長いまつ毛に縁どられた大きな瞳は、吸い込まれそうなほど綺麗に澄んだ琥珀《こはく》色。明るい栗色の長髪はハーフアップに纏められており、とても品よく感じられた。

スラリとした体軀《たいく》でありながら女性らしい丸みは失っておらず、しなやかに伸びた白い指先の綺麗に手入れされた爪は、彼女には一分の隙も無いのだと言っているようだ。

まるで造り物のように思える美貌だが、薄紅色の唇が緩やかな弧を描いているおかげか、冷たさすら覚えそうな白い肌に優しい温かさが加えられており、整った美しさの中に十代の少女のやわらかな雰囲気が違和感無く同居していた。

しかも、優れているのは外見だけではない。曰《いわ》く、日本語英語にフランス語と三ヶ国語をほぼ自在に操る。曰く、華道と日本舞踊に薙刀《なぎなた》もかなりの腕前である。曰く、模試で優秀な――全国順位一桁に入ることもあったらしい――成績も収めているとのことである。

つまり、天宮玲奈は見目麗《みめうるわ》しいだけでなく才媛なのだ。それもずば抜けた。

（婚約者じゃなくてただの彼女ならめちゃくちゃ嬉《うれ》しい……ともならないな）

玲奈の容姿は誰が見ても美しいと評するに違いないレベルだ。しかも健の好みのど真ん中、でもあるのだが、それを含めて全ての条件が健には過ぎた相手だ。それもあまりにも。ただの恋人だとしても荷が重いのに、それが婚約者となればなおさらだ。

ため息をついて頭を振ってから顔を上げると、玲奈とぴったりと目が合った。一瞬目を丸くした彼女は、ぱちくりとまばたきをしてからやわらかく微笑んで会釈《えしゃく》を見せる。玄関の時にも思ったが、本当に様になる。

ため息をついた気分も忘れて、見惚れていた。そんな自分に気付き、もう一度頭を振ってから健は口を開く。

「あー……ちゃんとしたお茶とか出せなくて悪い」

部屋に来るのはせいぜい数人の友人くらいなもの。もてなすべき来客など想定しておらず、玲奈に出したのもグラスに移し替えたペットボトルのお茶だ。無いよりはマシだろうが、お嬢様を迎えるには到底足りない。

しかも玲奈の方はきっちり土産――どう見ても高級な和菓子――を用意してくれていたのだから、余計に申し訳ない。

「お構いなく。むしろ私の方こそ、ご連絡を差し上げたのが昨日でしたから、急な訪問になってしまい申し訳ありません」

しかし玲奈は気にした様子など無く、逆に頭を下げた。

「いや、それこそ気にしないでくれ」

玲奈から健の実家への連絡は昨日。それが健に伝わったのは今朝。理由は、昨日あった実家からの電話を無視したから。現状を招いたのは健の自業自得《じごうじとく》だ。

「ありがとうございます」

軽く手で制してから健が向かいに腰を下ろすと、今度は浅く会釈をした玲奈が微笑みながら室内に視線をめぐらせる。

「伺ってはいましたけれど、ご実家を離れていらしたのですね。お付きの方もいらっしゃらないのでしょうか？」

「まさか。一人暮らしだよ」

そこで付き人という発想が出てくる玲奈に驚きながらも首を振ると、彼女は大きな目を少しだけ丸くした。

「色々と大変ではありませんか？」

「面倒なことも無い訳じゃないけど、一人だと気は楽だな」

生活費も十分貰っているので、大した苦労もしていない。

「高校生でお一人暮らしを許されるということは、健さんはご両親から信頼されているのですね」

「……放任なだけだな。期待されてなかったし」

どこか嬉しそうに唇を綻ばせる玲奈に、首を振りながらぽそりと吐き出す。

「そんなことは……」

一転して表情を曇らせ言葉を詰まらせた玲奈を見て、しまったと思った。もっと軽い調子で言うべきだった。

「……それにしても、婚約の話は急だったよな」

「そうですね」

健の話題転換に乗ってくれたのか、玲奈は少し眉尻を下げて笑う。

「お互い、家に振り回されて苦労するな」

そう。どういった意図があるかは知らないが、今回の婚約は互いの家の都合で決まったものだ。健としてはもちろん納得していないし、玲奈だってきっとそうだろう。むしろ、彼女なら健などより優れた相手が望める訳で、より忌避感が強いはずだ。

そう考えると、上手《うま》く事を運べば婚約解消もあり得るのではないか。まだ高校生の健たちが家の決定に逆らうことは難しいが、当事者同士が手を結べば……。そんな期待をしてしまう。

「振り回される、ですか?」

しかし玲奈はまるで想定していなかったことを言われたかのように、きょとんとしながら僅かに首を傾《かし》げた。

「ほら。家の都合で急に婚約とか。俺たちはまだ高校生なのにさ」

「私の周囲ではそれほど珍しいことではありませんでしたけれど、確かに一般的にはだいぶ早いのかもしれませんね」

だいぶ早いどころではない。一般的に言うのなら、それなりの期間付き合った恋人でもなければ婚約などしないのだ。しかし、玲奈はなんでもないことのように微笑んでいる。

彼女にとってはアリかナシかの話ではなく、早いか遅いかの違いでしかないのだろうか。だから、嫌じゃないのか？　とは尋ねられなかった。

「ただ、急な話ではありましたので、そういった意味では振り回されたと言えるのかもしれませんね」

次の言葉を継げずにいると、笑みはそのままに玲奈が少しだけ眉尻を下げ、健の発言の一部に同意を示した。なんとなくだが、気を遣ってくれたように思えた。

「だよなあ？」

「ええ」

「事前に何も知らされてなかったから、『婚約の話が纏まった』って言われて困ったよ」

「そうですね。形式とはいえ、先に会食などの顔合わせがあるものと思っていました」

互いに同じ話題で笑い合っているのに、随分とズレがあるように思えた。健と違い、玲奈は婚約自体に困惑している訳ではないのだろう。

「ですが、お相手が健さんで良かったと思っています。小さな頃には随分と仲良くしていただきましたから」

「……そうだったか？」

懐《なつ》かしむように僅かだけ頬を緩めた玲奈に、健《たける》は困惑せざるを得ない。

家同士の関係から健と玲奈の間には一時期付き合いがあった。しかし、健にとってはおぼろげな記憶でしかなく、彼女の言葉も社交辞令だろうと思えた。

(なのに何で前向きなんだ?)

知らない相手よりはマシかもしれないが、婚約を受け入れるには随分と弱い理由だ。

「お会いしていた期間は長くはありませんでしたけれど、どれも素敵な思い出です」

見えないアルバムをめくっているかのように、玲奈の表情にやわらかさが増す。

「初めてお会いしたパーティーを覚えていますか? お恥ずかしい話ですけれど、あの頃の私はまだ引っ込み思案で。健さんはそんな私を引っ張って、色々な経験をさせてくださいましたね」

大切な思い出に優しく触れるように微笑む彼女が眩《まぶ》しくて、ドキリとさせられ——

「……そうだな」

すぐにズキリと胸が痛んだ。

楽しそう、いや、幸せそうな玲奈は、彼女の美しい思い出を語ってくれている。しかしそれを共有する健は、もういない。完全に忘れてしまった訳ではないが、あの頃の記憶には靄《もや》がかかっている。

「健さんがパーティーにお見えにならなくなってからは……健さん？」

こちらの様子に気付いた玲奈が、気遣わしげな視線とともに少し首を傾げた。

「お互いに、変わったな」

かつて交流のあった少女と、目の前にいる玲奈とがあまり重ならない。面影は確かにあるが、記憶の中の彼女は、歳相応《とし》よりも少しだけ幼く見えた。そのはずだ。

「随分と長い間……お会いしませんでしたから」

「ああ……」

目を伏せてどこか儚《はかな》げに笑う玲奈に相槌《あいづち》を打つ。

きっと玲奈の方も、あの頃の健と今の健が重ならないことだろう。

しばしの沈黙を破ったのは玲奈だった。顔を上げた健は、少しぎこちなく微笑《ほほえ》む彼女と目が合った。

「……ですが」

眉尻を下げた玲奈は、しなを作るように少し首を倒し、手元に視線を落とした。それを追いかけると、彼女のしなやかな指先が少しだけ震えているのに気付く。

（がっかりもするし、不安にもなるよな）

しかし、何か言わなくてはと思うのに言葉が出ない健の前で、玲奈はニコリと笑ってみせた。表情からはやわらかな雰囲気を感じるが、綺麗《きれい》に伸びた背筋や、震えの止まった指先に至るまでの佇《たたず》まいからは、凛《りん》とした印象を受けた。

「お互いに大きくなりましたから、あの頃のままとはいかないでしょうけれど。私は、健さんとこれから良《よ》い関係を築いていきたいと思っています」

気持ちに反して見惚《みと》れてしまうほどに、綺麗な笑顔と、まっすぐな言葉だった。

もしも健がニュートラルな気持ちで今の玲奈《れいな》を見て、この発言を聞いていたら、コロッといったかもしれない。

「これから一緒に生活をするのですから——」

「ちょっと、待ってくれ」

その言葉は、健の状態を悩みから焦《あせ》りに変えるには十分だった。

「……一緒に、生活をする？」

「はい」

「……誰と誰が？」

「健さんと私が、ですが……ご存じではありませんでしたか？」

こちらの反応で状況を察したのか、玲奈が大きく眉尻を下げる。

「初耳だな…………嘘《うそ》だろ」

もしも玲奈と同居するとなれば、結びつきが強くなってしまう訳なのだから婚約を解消する難易度は更に上がる。それを抜きにしても、一人暮らしの気楽さが消えるのは困る。

「ええと……」

ずっと淑《しと》やかで落ち着いていた玲奈にも、明らかな困惑が見て取れる。そんな状況でさえ、彼女は何か言おうとしていた。結局言葉は続かなかったものの、気を遣ってくれようとしたのだと思えた。

どこかで行き違いがあったのだろう。悪いのは目の前にいる少女ではないはずだ。

「……悪い。どういう話になってるか教えてほしいんだけど」

「はい」

ほっとしたように小さな吐息を漏らし、玲奈が少し眉尻を下げて笑う。

「詳しい経緯は存じませんが、婚約が決まった後に健さんのお父様から同居の提案があったと聞いていています」

「ってことは、勝手に決めたくせに父さんが俺に言ってなかったってことだな……悪い」

「いえ。少し驚きはしましたけれど、謝っていただくようなことではありませんよ」

玲奈はそう優しく微笑むのだが、どう考えても謝るべきことだ。とはいえ、ここで問答をしても彼女をより困らせるだけだろうと判断し、健は軽く頭を下げるに留《とど》めておく。

「あー。それでだな、その同居の話ってもう完全に決まってるのか？」

「いえ。最終決定は顔合わせが済んでからというお話でしたので……」

「そうか……」

玲奈は少しだけ表情を曇らせ、言葉を濁した。

先ほどの発言からして、玲奈は同居をするつもりだったのだ。しかし今となっては、健がそれを拒否すると思っているのだろう。

実際のところ拒否はしたいのだが、何故《なぜ》か玲奈が前向きなので正面からは断りづらい。そもそも父が主導で進めた話となると、健の意思だけで断るのも難しいはずだ。

「とりあえず、まだ今日は婚約の話が出た後の初顔合わせなんだし、そもそも婚約についてだってまだ全然実感も無いし、同居の話とかもそう色々急ぐこともないだろ？」

健としてはこの年齢で婚約者など堪《たま》ったものではないのだ。いくら天宮《あまみや》玲奈が自分には過ぎた女性だとしても。同居の話に頷《うなず》いてしまえば、もう逃げ場が無くなる。

「今日はろくにお構いもできないし、とりあえず日を改めないか？　お互いもうじき新学期な訳だし、もうちょっと落ち着いた頃にさ」

婚約は嫌だが、家の決定な以上簡単に逆らえるはずもない。仮に逆らったところで意見が通るとは思えないが、万が一通ったにしても多方面に迷惑がかかるだろう。

打開策はまるで思いつかないが、今この場で同居を受け入れてしまえば、もうあとはなし崩しに話が進むことは間違い無い。だからとりあえず、先送りにしてしまいたかった。

「……そう、ですね」

少し間があってから、玲奈がそう言って笑う。儚げに、いや、弱々しく。

「確かに今日は、ご連絡も直前になってしまいましたから。婚約の話が纏《まと》まって間もありませんでしたし、健さんがそうおっしゃるのも……当然のお話です」

ほんの僅かだけ俯《うつむ》いた玲奈の、膝の上で伸ばされていたしなやかな指のその先に、少し力が入るのが見えた。スカートにほんの僅かだけしわが寄ったのも。

「……ごめん」

「どうして健さんが謝るのですか」

望まぬ来訪ではあったが、それでもこんな形で追い返すのだ。こんな顔をさせたのだ。それも自分の狡《ずる》さゆえに。

しかし玲奈はそんな健の前で苦笑をしてみせ、ソファーから立ち上がった。

「いや。日を改めるって言っても、今すぐ帰れって言ってる訳じゃ……」

「ありがとうございます。ですが、気が逸《はや》って急な訪問になってしまったのは事実ですので、今日のところはお暇《いとま》します」

「そうか……じゃあ下まで送るよ」

淑やかに微笑む玲奈にそう伝えるも、彼女は小さく首を振る。

「お気遣いありがとうございます。ですが、玄関までで結構ですよ」

「……了解」

頷くと、ニコリと微笑んだ玲奈が荷物を持ってそのまま廊下へと歩き出し、健も重い足取りでそれを追いかける。

キッチンスペースを含んだリビングから玄関までまっすぐ伸びた廊下の両側には、部屋が配置されている。片側にはバス洗面トイレ、反対側には二つの居室。

急《せ》かされる形になってしまったからだろうか、リビングから廊下に出た玲奈が手をついた。廊下の壁、ではなく、健の私室のドアに。それ自体は別に大したことではない、はずだった。ドアがしっかりと閉まっていたのなら。

「あ」

「あ。すみま……え？」

キィという軽い音とともに開いていったドアの向こう側を見て、玲奈が目を丸くした。

「…………健さん」

「はい……」

部屋の中を見渡した玲奈が、視線をこちらに向けぬまま静かな声を発した。静かと言うよりも、少し冷たいように感じるのは気のせいではないと思う。

ややあってこちらに向けられた玲奈の美しい顔には、笑みが浮かんでいた。いや、貼り付けられていたと言うのが正しいだろうか。美しい笑顔ではあるのだが、その実一切笑っていないようで、正直なところを言えば、少し怖い。

「これは……何でしょうか？」

「俺の、部屋？」

「……質問を変えましょうか？」

流れるように体をこちらに向け、玲奈がニコリと笑う。怖い。

「どうして、こんなに散らかっているのですか？」

僅かに首を傾けた玲奈が手のひらで示した健の私室は、一言で言えばぐちゃぐちゃだ。

「……寝るだけにしか使わないから、困らないんだよ」

漫画や小説、教科書類などが床に散らばっていようが、畳むのが面倒な洗濯物をハンガーごとあちこちに掛けたままにしていようが、通販の段ボールが開けたまま残っていようが、ベッドさえ空いていれば問題無いのだ。しかし、玲奈は健の言い訳を一刀両断する。

「この状況で困らないはずがありません」

「お、俺の私室なんだから別に散らかっててもいいだろ。人を通すところは最低限掃除してるし」

「よくありません」

またしても反論を一蹴した玲奈が、健《たける》との距離を一歩詰める。「よろしいですか？」の言葉とともに、綺麗な顔がずいっと近付く。

（近いって）

ドキリとさせられる。ほのかに香る柑橘《かんきつ》の少し甘い匂いにも、形の良い眉を僅かだけつり上げた整いに整った顔にも。今日一番距離が近い分、まつ毛の長さまでよくわかる。

「まず床に本や段ボールが散乱している状況ですが、躓《つまず》いたり踏んで滑ったりと、安全ではありません」

「……き、気を付けてるから平気だ」

「次に埃《ほこり》です。あちこちに積もっていますし、きちんと収納しなければ衣服にも残ります。衛生上よくありません」

反論を黙殺し、玲奈は綺麗な顔でつらつらと言葉を続ける。距離は近いままで、健の心臓はまるで落ち着かない。

「それから、段ボールを放置していると害虫が発生しやすくなりますよ」

この部屋で飲食することは無いので平気だと思っていたが、虫が湧くと言われると流石《さすが》に抵抗がある。

「う……」

「健さん」

一歩下がった玲奈が姿勢を正し、真剣に健を見つめる。

「この状況は放っておけません」

「べ、別に部屋の掃除くらいするって……その内」

実際に月に一度くらいは私室の掃除もするのだが、玲奈は小さく首を振って艶《つや》やかな栗《くり》色《いろ》の髪を揺らす。

「リビングから見えたキッチンも使用感がありませんでした。常備してあったインスタント食品などの全てが悪い訳ではありませんけれど、そればかりでは栄養が偏ります。失礼を承知で申しますが、現在の健さんが自堕落な生活をされているのは明らかです」

まさかキッチンの状態まで見られているとは思わなかったが、そこまでバレているとなるともう誤魔化せないだろう。

「健さんがあの頃と変わってしまったことは、残念でしたけれど、年月も経過したのですから仕方がないと思います」

残念という言葉の通り、少し気落ちしたような玲奈《れいな》が目を伏せる。しかし、「ですが」と彼女はすぐに目線を上げる。

「この変わり方は良くありません」

「……良くないいって言われてもな」

どうしようもない。部屋の掃除くらいは頻度を増やせるだろうが、それ以外はもう。

「どうしろって言うんだよ」

耳が痛いことばかりを告げる玲奈から顔を逸《そ》らし、悪態をつくように吐き捨てる。

しかし、返ってきた言葉は思ってもみないものだった。

「やはり、私もこのお家で一緒に生活をさせてください」

「……え？」

気まずさも忘れて視線を戻すと、目を細めて淑やかに微笑《ほほえ》む玲奈が胸元に自身の手のひらを当てる。冗談を言っているというような雰囲気は、全く感じられない。

「いや、その話はまた日を改めてって……」

「私もそう思っていました。ですが先ほど申しましたように、今の健さんを放ってはおけません」

「それと同居と何の関係があるんだよ？」

「まず一つ目ですけれど、私は料理が得意です。健さんの食生活を改善できます」

呆気《あっけ》に取られた健の前で、すまし顔の玲奈が右手の人差し指を立てる。次いで中指もピンと伸ばす。

「二つ目は、お掃除もお任せください。こちらは得意とまでは言いませんけれど、教わってはいますから人並程度にはこなせます。共用部分の清掃は私がしますので、その代わりに浮いた時間で、健さんはご自身のお部屋のお掃除をお願いします」

ここに来て、玲奈が健の質問に真面目に答えているのだと気が付いた。健の欲しかった答えとはズレている訳だが、彼女が健の生活を真剣に案じてくれていることはわかる。

「三つ目は具体的な内容ではありませんけれど、その他生活のサポートもお任せください。それに、二人いた方が便利なこともあると思いませんか?」

三本目の指がピンと伸びたと同時に、玲奈がニコリと笑う。

「いかがでしょう?」

「いかがって言われてもな」

内容は至れり尽くせりだ。玲奈の言う通りならば、生活の質は向上するし手間も減る。

ただ、健にとってはそういう問題ではないのだ。何とかして婚約の話を避けたい健からすれば、玲奈との同居は外堀を埋められるに等しい。

「天宮《あまみや》さんは、男と二人で暮らすのが嫌じゃないのか？」

「私は元々そのつもりでしたから。それに、見ず知らずの男性とであれば遠慮するところですけれど、お相手が健さんなのですから嫌ではありませんよ」

笑みを崩さないままの玲奈が質問に答える。

「逆にお尋ねしますが、健さんが同居に対して気が進まない理由は何でしょうか？」

今度は表情が変わる。健を気遣っているのか不安なのか、玲奈の眉尻が大きく下がった。

婚約自体が嫌だからと言ってしまえたらよかったのだが、こういう表情をされると罪悪感が湧いてしまい、違う言い訳を探さざるを得ない。

「……一人暮らしの気楽さが無くなるのは困る」

婚約の話が進んでしまうのが一番嫌ではあるが、これも嘘《うそ》ではない。個室が二つあるので互いのプライベート空間を確保できるとはいえ、生活に干渉されるのはごめん被りたい。

「そういうことでしたら、必要以上の干渉をしないことはしっかりお約束致しますので、ご安心ください」

ほっとしたように小さく息を吐き、玲奈が胸元で手のひらを合わせて微笑む。

「……だけど、実家にいれば楽だろ？　しかもここだと余計な家事までやるって話だし」

「それは健さんも同じではありませんか？」

「まあそりゃそうだけど。自由とトレードオフだ」

「私も同感です。一人暮らしに少し憧れもありましたし、良《よ》い機会を頂いたと思います」

「だけど二人暮らしだろ？」

「そうでしたね」

そう言ってくすりと笑い、玲奈が少し眉尻を下げて健に上目遣いの視線を送る。

「いかがでしょうか？」

婚約者であるというだけでの同居に関しては、玲奈は引き下がった。

玲奈が今提案してくれている同居は、健の生活を案じてのものだ。その心遣いを無下《むげ》にするのは流石に気が引けて、まだ残ったままの断りたい気持ちを口に出せなかった。

「まあ、家の決定でもあるしな……引っ越しの日程とかはまた連絡してくれ」

「それではっ……はいっ」

少し硬い表情から一転、顔を綻ばせた玲奈が大きく頷《うなず》いて艶めく髪を揺らし、「健さんっ」と更に声を弾ませる。美しい、整いに整っている、そんな言葉がふさわしい玲奈の顔には、愛らしいあどけない笑顔が浮かんだ。

（こんな顔もするのか）

初めて見る歳《とし》相応の表情は、素直にただただ可愛《かわい》らしいと思った。今日見た中で一番だ。

沈みかけていた気分に反して、心臓の鼓動は速くなり、不思議と温かいような気がする。

「あ。すみません。はしたないところをお見せしました」

「い、いや。全然」

はっとしたような顔を見せ、頰を朱に染めながら手櫛《てぐし》で髪を整えた玲奈が上目遣いで健にはにかむ。これも心臓に悪い。

淑《しと》やかに微笑み、綺麗《きれい》な姿勢で美しく丁寧な所作を見せる、一見完璧なお嬢様に見えた天宮玲奈。しかしその少女としての一面を目にし、少し顔が熱い。

「引っ越しの準備がありますので少しお時間を頂きますが、これからよろしくお願い致します」

「あ、ああ……」

今更ながら、同意して良かったのだろうかという気持ちと、なるようになるだろうという気持ちがないまぜになっていて、健はそれだけしか言えなかった。

◇　◇　◇

健が通う高校は、特筆すべき長所がある訳ではない普通の学校ではあるが、新しいおかげで校舎は綺麗で設備も整っており、自由な校風もあいまって人気は高い、らしい。

それが理由なのかは知らないが、傾向としては比較的真面目で比較的明るい生徒が多いように思う。休み時間や放課後などは各所で楽しげな会話がされているが、大騒ぎするような者は少ない。

どちらかと言えば明るくない寄りの健にとっては、過度な干渉を受ける訳でもなく、かと言って全く輪に入れない訳でもない、割と過ごしやすい学校である。

二年進級後の新しいクラスも昨年と同じくそんな雰囲気で、見知った者も少なくなかった。しかし、今日の健は誰とも話さず自席で頰杖《ほおづえ》をついていた。

窓側前より二番目の席から見える校庭の桜は、四月二週目に入って既に散り始めている。新年度に浮かれるのは先週までで、今週からは気を引き締めて新生活を送れというメッセージ、であるはずはないのだが、ついついため息が漏れる。

散りゆく桜を見て感慨にふけるような感性を持ち合わせているつもりはなかったが、自分の現状と重ねて少し気分が沈むあたり、我ながら思っていたよりも繊細らしい。

「新年度早々不景気な顔してるな、健」

もう一度ため息をついたところで肩を叩《たた》いたのは、去年も同じクラスだった大崎《おおさき》遼真《りょうま》。

「……お前は好景気な顔だな」

「そんな言い方あるか？」

遼真が軽く笑いながら度の入っていない眼鏡を軽く持ち上げる。第一印象だけは真面目そうに感じるが、実際は違う。ラフになりすぎない程度に制服は着崩しているし、身につけたアクセサリーもさり気なく見せているなど、かなり外見に気を配っている。

「で、実際どうした？　調子悪いのか？」

「いや、ちょっと考えごとしてただけだから、心配してくれなくても大丈夫だ」

「ま、ならいいけどな」

肩を竦《すく》めてふっと笑った遼真はクラスを見まわし、もう一度軽薄な笑みを作る。

「せっかく新クラスなんだから、もっと愛想《あいそ》良くしないと女子と距離縮められないぞ？」

「みんながみんなお前の価値観で生きてると思うなよ。大体……いや」

「ん？　まあいいか。俺は先週絡《から》みが薄かった子のとこ行ってくるから、また後でな」

「ああ」

シュッと手を上げて去って行った遼真を見送り、健《たける》はもう一度窓の外に視線を送る。

（縮まるんだよ……何もしなくても）

遼真の言葉を思い出し、またため息をつく。

玲奈との同居が始まるのは今日からだ。

因《ちな》みに同居の話は父からされていた、らしい。婚約の話と同時にされたこともあって、茫然自失《ぼうぜんじしつ》だった健がしっかりと聞いていなかった、というのが事の顚末《てんまつ》だ。

『私は伝えたはずだがな。しっかりと聞いていなかったお前の責任だ。まあとにかく、同居の話を断ると言うのなら実家に連れ戻す。その場合の教育は覚悟しておけ。だがせっかくの機会だ。優秀な玲奈君を身近で見て学び、研鑽《けんさん》に努めろ』だそうだ。

優秀な人間を見習って努力ができるようなら、今の自分にはなっていない。そんな反論などする間も無く、電話はそこで切られた。

その後は諸々がトントン拍子に進んでいって、今日を迎えた。受け入れた話とはいえ、実際に始まるとなると不安は大きい。不景気な顔にもなるというものだ。

しかも玲奈はこのクラスに転入してくる。手続きの関係から進級のタイミングに間に合わなかったが、健の前の空席が彼女のものであることは決まっている。

玲奈が通っていたのは彼女に相応《ふさわ》しいお嬢様学校だった。それなのにわざわざ転校してくる必要は無かったと思うのだが、『前の学校は遠くなってしまいますので』と電話の向こうの玲奈は笑っていた。

玲奈にそのつもりは無いのだということはわかるが、婚約の件で次々と外堀を埋められているようにしか思えず、より気が重い。

考えるだけ無駄なのはわかっているので、前の席から窓の外に視線を移す。ちょうど風が吹いたのか、桜の花びらが舞うのが目に入り、健はため息をついた。

放課後、家に向く足が重い。欲しい物も無いのに書店の中をぐるぐると回ってみたり、入ったことの無かった公園のベンチに座ってみたりと時間を潰した。

そんなことをしている内に、もう空が赤くなってしまった。

「流石《さすが》に帰らないとな」

健が帰宅しなければ今日の昼前から引っ越し作業をすると言っていた玲奈《れいな》を困らせてしまうことになる。彼女のことだから、健が帰るまで夕食を食べないかもしれない。

（そもそも夕食は何にすればいいいんだ？）

前回注意されたこともあるが、そうでなくとも玲奈にインスタント食品を出すのは気が引ける。では何か頼もうかと考えても、彼女に相談しなければいけない。

健は今日何度目になろうかというため息をつき、自宅へと足を向けた。

辿《たど》り着いた自宅前、玄関のドアがいつもより重く感じる。しかしもうなるようになれだと、健はヤケクソ気味に玄関を開け——開けた扉を後ろ手で閉め、ボタンでロックする。

そんなルーチンを、今日は忘れた。

「おかえりなさい。健さん」

玄関に玲奈が立っていて、微笑《ほほえ》みながら澄んだ声でそんな言葉をかけてきたから。

「ただいま」

まさか目の前にいきなり現れるとは思ってもいなかったにもかかわらず、玲奈の言葉を自然に受け入れ、無意識にその言葉を返す。そんな自分に気付き、少し驚いた。

楚々《そそ》としたニットワンピース姿の玲奈の頬が少し緩んでおり、声も弾みぎみだからだろうか。歪《ゆが》みも淀《よど》み無い綺麗な姿勢と一礼は以前と変わらないのに、彼女の後ろには左右に振れる可愛らしいしっぽがあるように見える。

「お鞄《かばん》をお持ちします」

「……靴脱ぐ間だけ頼む」

「はい」

断ろうかと思ったが、玲奈が持ちたそうなので素直に頼んだ。そしてその選択は正解だったのだと、玲奈の綻んだ顔が教えてくれた。

靴を脱ぎ終わると、目の前にはスリッパが用意されていた。「ありがとう」と鞄を受け取ると、「どういたしまして」と満面の笑みが返って来る。少し照れくさい。

「……玄関で待ってたのか？」

「いえ。ベランダから下を見ていたら、ちょうど健さんのお帰りが見えましたので」

嬉《うれ》しそうにじっとこちらを見つめる玲奈からまた顔を逸《そ》らし、「そうか」とだけ言葉を返す。待っていたのは玄関ではなくベランダだったようだ。恐らく、それなりに長い間。

健が逃げ回っていたせいで、玲奈には余計な手間をかけさせたし、心配もさせてしまったかもしれない。

「遅くなって悪かった」

「……お気になさらず」

頭を下げると、玲奈は大きな目をぱちくりとさせた後で優しく細める。

そんな玲奈に目を奪われ、少しの間見つめ合ってから我に返った。

「引っ越しの方は、もういいのか？」

「はい。もうほとんど済みました」

「早いな」

「家具の配置は使用人がほとんどしてくれましたので。私がすると言ったのですけれど」

「そりゃそうだろ」

使用人からすればお嬢様に引っ越し作業などさせられないだろう。それなのにどこか拗《す》ねたように口を尖《とが》らせる玲奈に苦笑して肩を竦める。

「あ。キッチンには調理器具と食器を運び込ませていただきました。事後報告になってしまい申し訳ありません」

「ああ、いいよ。どうせ俺は使わないし」

「それはそれでどうかという気もしますけれど、ありがとうございます」

苦笑してみせた玲奈が浅く腰を折ってから微笑みを浮かべた。

「夕食の支度ができていますので、お着替えが済みましたらダイニングにおいでください」

「作ってくれた、のか？　引っ越し初日から？」

「はい」

こくりと頷《うなず》き、少しだけ眉尻を下げた玲奈がどこか恥ずかしげに言葉を続ける。

「サプライズのつもりだったのですけれど、よくよく考えると健さんが外でお食事をされる場合を考えていませんでしたし、随分と先走ってしまいました」

はにかみながら健を見つめた玲奈が、「あ」と何かに気付いたようにふふっと笑う。

「どうかしたか？」

「むしろ助かってしまった、と思いまして。健さんのお帰りが完成よりも早かったら、サプライズとしては弱くなってしまいますから」

気を遣ってくれたのかと思ったが、顔を綻ばせた玲奈が楽しそうで、きっと彼女の本心なのだろうと思えた。

「怪我の功名ってことにしとくよ」

「はい……あ。すみません、玄関にお引き留めして」

「いや。気にしないでくれ。じゃあ、また後で」

「はい」

微笑む玲奈に見送られる形で部屋に入る際、一応は掃除をした室内を見せるため、ドアをわざと大きく開いた。

ちらりと後ろを窺《うかが》うと、一瞬前よりも玲奈の口の端《は》が少し上がっているのが見えた。

リビングの扉を開けた瞬間から美味《おい》しそうなにおいに嗅覚を刺激され、否《いや》が応《おう》でも期待が膨らんだ。そしてそれは間違いではなかった。

「凄《すご》いな……」

ダイニングテーブルでは視覚で圧倒された。

用意されていたのは炊き込みご飯とお吸い物、それから大根を使った煮物、茶わん蒸し、てんぷら。盛り付けや皿の並べ方も綺麗《きれい》なのだが、花を模したにんじんをはじめとして、形や色合いでも楽しめるようにされていた。

（金取れるだろこれ）

天宮《あまみや》の家は高級料亭を旗艦とした食品会社を営んでいると聞いていた。だからと言って玲奈の腕前に関係は無いと思っていたのだが、そうではなかったようだ。

「凄いな、これ」

「ありがとうございます」

素直な感想を口にすると、玲奈は少しだけ照れた様子を見せた。

「さあ、お席にどうぞ」

「ああ」

僅かに頰を染めて嬉しそうにしながらも、玲奈には誇らしげな様子も垣間《かいま》見えた。これだけの物が作れるのだから当然だが、腕に自信ありということだろう。健の期待もより高まるというものだ。

「どうぞお召し上がりください」

「ああ。いただきます」

「はい。いただきます」

早く食べたかったので促してくれた玲奈に従うつもりだったのだが、手が止まった。

「健《たける》さん？」

「あ、いや。どれから手をつけようか迷った。順番とかあるか？」

「お好みの物からどうぞ」

「どれも美味そうだから悩むな」

苦笑して誤魔化すと、玲奈は少し眉尻を下げはしたが、嬉しそうに口元を緩めた。

実際にどれも美味しそうで悩むところではあるが、手が止まった理由は違う。ただ玲奈と「いただきます」の言葉を合わせただけで、不思議な、温かな気持ちだった。

ちらりと玲奈を窺うと、こちらに向けて微笑んだまま。健が手を付けなければずっとこのままだろうと思えたので、まずはこれからだろうかとお吸い物に口を付ける。

「うまっ」

具材は豆腐としいたけ。あっさりとはしているものの、しっかりと利《き》いた昆布出汁《だし》が醤油《しょうゆ》の味を引き立て、添えられた三つ葉の香りが調和をもたらしている。口に運んだ具材にも味がしっかりしみ込んでおり、玲奈の丁寧な仕事ぶりが窺える。

「お気に召していただけて何よりです」

「いや凄いな」

ふふっと笑った玲奈が、「他の物も是非召し上がってください」と促すので、「ああ」とそれに応じる。

「これも美味《うま》い」

次に手を付けたのは炊き込みご飯。たけのこの風味をしっかりと活《い》かした味付けがなされており、思わず声を漏らす。

「よかったです」

「でも、たけのこって仕込み大変じゃないのか？　アク抜きとか」

「はい。昨日の内に実家で準備しておきました。本当は他にも仕込めると良かったのですけれど、せめてたけのこだけはと思いまして」

「旬だからか？」

少し眉尻を下げた玲奈に尋ねると、彼女はゆっくりと首を振ってから、優しく目を細め、見えないアルバムをめくるように、整った顔に幸せを滲《にじ》ませる。

「健さんの好物でしたよね？」

「……よく、そんなこと」

知っていたものだ。いや――

「覚えててくれたんだな」

「当然ですよ」

嬉しそうに深められた玲奈《れいな》の笑みには、ほんの少しいたずらっぽい、してやったりといった感情が見えた気がした。これもきっと、サプライズの一つだったのだろう。

「……冷める前に他のも貰《もら》うな」

「はい、是非」

嬉しそうに笑う玲奈から顔を逸らし、健は一心不乱に食卓に向かった。サプライズの効果は、間違い無く抜群だった。

「ごちそうさま」

健よりも早く食べ終えていた玲奈は、時折こちらの様子を窺っていた。気恥ずかしさはあったが、手作りな以上反応は気になるのだろう。それに、健の食べる姿を眺める玲奈が嬉しそうに口元を緩めているものだから、悪い気はしなかった。

「お粗末さまでした」

「凄い美味かった」

「健さんにそう言っていただけると、本当に嬉しいです」

言葉通りの表情をした玲奈が逆に頭を下げる。

「しかし、流石《さすが》料亭の娘だな」

「ありがとうございます。子どもの頃から厨房《ちゅうぼう》にお邪魔して色々教わっていましたので、料亭の娘として成長できたのだと思います」

僅かに頬を緩めて目を細め、玲奈が眉尻を下げる。

「板前の方たちもオーナーの娘を邪険にできなかったでしょうから、今思えばご迷惑をかけてしまいましたけれど」

そうは言うものの、玲奈にとって良い思い出なのだということは表情から伝わってくる。

「可愛《かわい》がられてたんじゃないか？」

「どうでしょう？　ですが、とてもよくしていただいたのは確かです」

「それは、この料理食べればわかる」

オーナーの娘だからと仕方なしの対応をされていたのなら、玲奈がここまで腕を上げることはなかったのではないだろうか。

「……ありがとうございます」

一瞬目を見開いた玲奈が少し頬を紅潮させて破顔した。その表情から、このちょっとした誉《ほ》め言葉だけで本当に喜んでくれていることがわかる。

お淑《しと》やかなお嬢様の顔も本当に綺麗なのだが、こういった素の感情が表れると、より魅力的に映る。

「まあでも、厨房に突撃してたってのは意外だな」

幼い頃は引っ込み思案だったと言っていたのは玲奈自身だ。そんな彼女が自ら進んで板前に教わったというのだから、それだけ料理に対して真摯な思いがあったのだろう。

「そうですね。自分でも、あの頃の私がよくそんなことができたなと思います。突撃と言うと語弊はありますけれど」

目を細めてくすりと笑った後、玲奈が澄んだ琥珀《こはく》の瞳をこちらに向け、更にもう少しだけ笑みを深める。

「でも、きっかけがきっかけでしたから。竦《すく》んでしまう気持ちはありませんでした」

「きっかけ？」

尋ねると、玲奈は少し目を細めてふふっと笑う。

「健さんが言ってくださったのですよ？　私が料理が好きだと言ったら、『プロの料理人さんがたくさんいるんだから習えるね』と」

愛おしむような優しい表情や声音が、この一件も玲奈の大切な思い出なのだと教えてくれる。

「……迷惑かけてたとしたら俺のせいじゃん」

「遠因としては、そうなるのでしょうか」

口元を押さえてくすりと笑った玲奈が、「ですから」と少し目を細めた。

「可愛がってもらっていたと思うことにします」

「……そうしてくれ」

「はい。健さんのおかげで、思い出が更に素敵になりました」

思い出を共有していなかったことに少し罪悪感を覚えはしたのだが、それでも玲奈は嬉《うれ》しそうに微笑《ほほえ》む。

「今の流れでか？」

「はい」

「……そうか」

視線を逸《そ》らし、誤魔化すように湯呑《ゆのみ》を口に付け、時間をかけて中身を全て飲み干した。

「お茶を淹《い》れてきますね」

テーブルに戻した湯呑に視線をやった玲奈がニコリと笑って席を立つ。

催促したような形になってしまったが、ここは遠慮するよりもそのまま頼む方がベターなのだと、今日の経験からわかっていた。

「頼む」

「はい」

玲奈の後ろ姿を見送り、ふうと小さく息を吐く。

(不思議な感じだよな)

帰宅して玄関に玲奈がいて驚いた。そしてその彼女の「おかえりなさい」に、自然と「ただいま」で返した自分自身にも。

玲奈が随分と嬉しそうにしていたからだろうかと思った。もちろんそれも理由なのだが、一番大きな理由は多分違った。

作ってくれた夕食の出来は文句無しだった。ただそれ以上に、「いただきます」の言葉を交わし合ったこと、食卓で向かい合った時間への満足感が高かったように思う。

実家から離れ、いや、逃げ出して、気楽な生活を手に入れた。代わりに失ったものは、自覚していなかっただけで今日気付いた。玲奈に教えられた。

いや、実家にいた頃にだって、既に失いかけていたものだ。生活の中に誰かがいる温かさは。気楽さや自由は多少失われてしまうが、それでも悪くないと思えた。

(誰か、じゃないんだろうな)

天宮玲奈がただ単に婚約者として一緒に暮らすだけの存在だったとしたら、きっとこの温かさを感じることはなかった。

顔を上げ、お茶の準備をしている最中の玲奈に視線を送る。玲奈は茶葉を入れる前に急須を温め、お湯を湯呑に入れて少し冷ましてから急須に移していた。彼女にとっては単に身についた手順なのかもしれないが、その心遣いに感心した。

それ以上に心が動いたのは、玲奈の優しい目元とほんの少しだけ緩んだ口元。

今日の玲奈は、前回会った時よりも雰囲気がやわらかい。元々淑やかなお嬢様としてやわらかな雰囲気を湛《たた》えていたが、それとはまた違う。多分ではあるのだが、これからの生活に向けられた期待ゆえではないだろうか。

そう考えると、優しく微笑む玲奈の姿にはとても温かなものを感じてしまう。

「どうぞ」

「ありがとう」

戻ってきた玲奈から湯呑を受け取り、そのまま口を付ける。淹れ立てのお茶は数年ぶりくらいで、こんなに熱かったのかと驚いてしまう。

ただ不思議と、いや、玲奈が工夫をしてくれていると知ったからだろうか。食事中に飲んだ適温のものよりも美味《おい》しいと感じた。健はもう一口を飲み下し、ほうと息をついて湯呑を置く。

「天宮《あまみや》さん」

「はい」

健《たける》が背筋を伸ばしたからか、玲奈の方も居住まいを正し、少し表情を引き締めた。

「……正直なところを言うと、婚約とかそういうのは、この前も言ったけどまだちょっと実感が無い」

「そう、ですか」

玲奈だってそのことはわかっている。それでも、こんな表情をさせてしまうことも承知で、伝えておかなければならない。

理由はともあれ、玲奈は今回の話に前向きだ。健のスタンスを誤魔化すのは誠実ではないと思えた。入谷《いりや》健が誠実な人間かと言うと、疑問の余地は非常に大きいが。

「だけど……一緒に暮らすことになる訳だから、これからよろしく頼む」

「……はいっ」

俯《うつむ》きかけた顔を勢いよく上げ、明るい栗色《くりいろ》の髪が少し揺れる。玲奈の表情がやわらかく変わった。かと思えば、彼女はそれを無理矢理引き締めた。いや、引き締めようとしたようだった。

「と言いたいところですけれど、健さん」

「ん？」

玲奈は最終的に口を尖《とが》らせ、少し眉をつり上げて怒ったような表情を作ってみせた。しかし、ほのかな朱色に染まった頰の緩みはまだ僅かに残っていて、まるで怒りの感情は見えなかった。

照れ隠しだというのは、流石にわかった。それが可愛らしいとも思った。

「私の呼び方ですけれど、『天宮さん』ではなく玲奈とお呼びください」

「……ダメなのか？」

「私としましては、婚約者なのですからという気持ちもあるのですけれど」

眉尻を下げて、まるで遠慮がちにわがままを言うように、玲奈が可愛らしく拗《す》ねたような表情を覗《のぞ》かせる。

「それよりも。他人行儀な気がして、少し嫌です」

「と言っても、呼び捨ては抵抗がだな」

玲奈からすれば旧交ゆえに近い距離のつもりなのだろうが、あの頃の記憶が薄れている健からすると玲奈との距離感はまだ難しく、気おくれしてしまう。しかし——

「でしたら、昔のように……れーちゃん、でも構いませんよ」

自分で口に出して恥ずかしかったのか、玲奈は頰の色付きを少し濃くし、上目遣いの視線を健に送る。

その様子は可愛いと思ったが、健も彼女と同じだ。気おくれ以上に、そんな呼び方は想像するだけで恥ずかしい。

（昔の俺、よくそんな名前で呼んだな。てか今それで呼ばれても困るだろ）

しかし、玲奈《れいな》は恥ずかしがりながらも期待を込めた目でじっとこちらを見てくる。

「さあ、どうぞ」

「高校生にもなると、女子をちゃん付けで呼ばないいんだ」

「……そうなのですね」

あながち嘘《うそ》ではないのだが、少ししょんぼりとした様子の玲奈に胸が痛む。

「ということで……玲奈」

口にするのはやはり恥ずかしく、少しだけ視線を逸らした。それでも、視界の片隅に目を丸くした玲奈が映る。

覚悟を決めて正面を向くと、玲奈と視線が絡《から》み、丸くなっていた目が優しく細められた。

「これからよろしく」

「はいっ……こちらこそ、よろしくお願い致します」

顔を綻ばせて丁寧に頭を下げた玲奈との暮らしは、きっと悪くないものになるだろう。

# 二章

朝、いつものように自室のドアを開けて、心臓が止まりかけた。と言うと少し大げさではあるが、健の心情としてはそのくらいで、驚きすぎて声が出なかった。

(そう言えば、いたんだったな)

恐らくノックをしようとしていたのだろう。手の甲をこちらに向けた制服姿の玲奈が、そのままの姿勢で目を丸くしている。

「……おはようございます。健さん」

しかし流石《さすが》の才媛と言うべきか、玲奈がフリーズしていた時間は短かった。いつの間にか姿勢を正した彼女の端整な顔には、淑《しと》やかな微笑みが浮かべられている。

「……おはよう」

玲奈の目が少し細められる。シャープな輪郭にもかかわらず見るだけでやわらかさが伝わってくる頰も、僅かに緩んだ。

ただ挨拶を返しただけでこんな表情を見せられては眩《まぶ》しくて敵《かな》わない。直視していられず、絡み合った視線を下げてその先にある制服を見ながら口を開く。

「今日から登校だったな」

「ええ」

健の視線を追って自身の身なりに目をやった玲奈が嬉しそうに笑い、綺麗《きれい》に澄んだ落ち着きのある声音を少しだけ弾ませた。

「どう、でしょうか?」

「ん?　どうって?」

「制服です。しっかり着られていますか?」

可愛《かわい》らしく首を傾《かし》げた玲奈の表情には、少しだけ不安の色が見えるような気がした。

「ああ、そういうことか」

クラシックな色合いの制服は、ブレザーを基調としながらもセーラー服の意匠も組み込まれており、他校の女子からも可愛いと評判だと聞いたことがある。主に遼真《りょうま》から。

玲奈の頭からつま先までを眺めてみる。アレンジや着崩しは無く、靴下も見本通りの紺色。制服の着こなしとしてはオーソドックスもいいところだ。しかしそれにもかかわらず、まるで没個性的ではない。変ではないが、恐らく非常に目立つだろう。

今まで意識したことはなかったが、遼真の言っていたことの理由が少しわかった気がする。端整な顔にスラリと整った体形の玲奈が纏《まと》っていると、見慣れているはずの制服も見違えてしまう。

「どうでしょう?」

「可愛いと思う」

「え?」

すっかり目が覚めたと思っていたのだが、思わず本音が零《こぼ》れてしまうあたりまだ寝ぼけていたようだ。

目を丸くした玲奈の白い頬に、少しずつ朱色が注がれていくのがわかる。

「いやちが……変なところは無いって意味で。よく似合ってるって言おうとして間違えた」

「あ……そうですよね」

慌てて誤魔化すと、はっとしたような玲奈がそっと前髪に触れてはにかみを見せる。

「良かったです。ありがとうございます」

気を落ち着かせるように小さく息をつき、玲奈が僅かだけ眉尻を下げた。

「本当は教室でお披露目にしようかとも思ったのですけれど」

ちらりと健に上目遣いの視線を送り、玲奈が朱色の頬のままもう一度はにかむ。

「健さんに、最初に見ていただきたくて」

「なっ……」

ドクンと、心臓が大きく跳ねた。

(……落ち着け。ただチェックしてほしかっただけだ)

会話の流れからすればそれ以上の意図は無いはずだが、言葉と表情、それに先ほど漏らした本音のせいで違った捉え方をしてしまう。少し熱くなったように感じる頬を軽く叩《たた》くと玲奈が「あ」と声を漏らした。

「お時間を頂いてしまい、申し訳ありません」

「いや、別にこれくらい……全然」

「ありがとうございます」

「あー、えーと。だから起こそうとしたのか？」

やわらかな笑みを浮かべる玲奈から視線を逸《そ》らして尋ねると、「いえ」と彼女は小さく首を振る。

「差し出がましいとは思ったのですけれど、そろそろ起きた方がよい時間ではないかと思いまして。ですが、余計なお世話でしたね」

「そういうことか。まあ、遅刻したことは無いから安心してくれ」

苦笑の玲奈に軽く礼を言う。健の生活能力の無さを知ってしまった玲奈としては心配になってしまったのだろう。彼女はこの時間で準備万端なのだから、余計にそうだ。

「ありがとうな、気を遣ってくれて」

「……いえ。こちらこそ、ありがとうございます」

僅かの間だけ目を丸くした玲奈が破顔し、頭を下げる。礼を言われる理由が思い当たらず首を傾げた健の前で、頰を少し朱色に染めた玲奈が姿勢を正す。

「今日は転入初日ということで説明を受ける予定ですので、私はそろそろ出ますね」

「ああそうか、早いのか。道とかは大丈夫か？」

「はい。お気遣いありがとうございます」

礼を言われてばかりだなと苦笑した健にふっと笑い、玲奈が「では」と言葉を続ける。

「行ってきます。また後ほど」

「ああ。気をつけてな」

「はい」

相変わらず流れるように綺麗な会釈《えしゃく》を見せて玄関を出て行った玲奈を見送り、健はそのまま洗面に向かう。いつものように歯を磨き、洗顔せっけんを取り出す。

（あれ？）

洗面台の収納に玲奈の私物が全く見当たらない。一応それなりのスペースが空いているのにと思ったが、女子の私物なので男子の目につくところに置きたくないのだろうかと、それ以上考えるのはやめた。

その後服を着替え、最後にパンをつまんで家を出る。

普段ならそうだった。しかし今日は朝イチからその普段と違ったように、最後も違った。牛乳を取り出そうと開けた冷蔵庫の中には、ラップのかけられた食器が並んでいた。それが何かは、流石にわかった。

「用意してくれたなら言ってくれれば……」

あの玲奈が言い忘れたとは考えづらい。言わなかったのだ。恐らくは健《たける》が朝食をしっかりとるには時間が無いと考えたのだろうし、事実その通りだ。

ならばもっと早く起こしてくれてもと一瞬考えたが、彼女の様子を思い出す。

「差し出がましい」「余計なお世話」と言っていたように、玲奈は随分と悩んで起こしに来てくれたのだと、今思い返せばわかる。健が礼を言った際に礼で返してきたのも、その辺りに理由がありそうだ。

「あー、クソ」

健の家で同居をするのだから、玲奈がある程度の気は遣うものだろう。ただ、あくまである程度でいいはずだ。昨日の素晴らしい食事だけでなく、風呂《ふろ》の支度や洗濯物まで玲奈は済ませてくれた。至れり尽くせりだ。

そして今朝、随分と気を回してもらっていることにも気付いた。ありがたさと申し訳なさと不甲斐《ふがい》無さで、健は自身の髪をクシャっと握った。

「今日はいつもよりだいぶ遅いな。何かあったか、健?」

「いや、なんでも」

「ふーん。そうか」

予鈴と同じタイミングで教室に入って席に着いてすぐ、遼真がやって来た。

「今日だったよな。噂《うわさ》の転校生」

「ああ」

健はなんでもないように頷《うなず》いて遼真が指差した前の席に視線をやる。

婚約や同居はもちろんのことだが、不用意なことを言ってそういった情報が漏れてしまわないようにするために、学校では健と玲奈が知人であることも伏せておく約束だ。

「手続きに来たっぽい時の目撃情報が何件かあるけど、凄《すご》い可愛いらしいぞ」

「知ってる」

噂は健の耳にも入っていたが、「凄い可愛い」では済まないことも知っている。

「健としてはラッキーか？　前の席だもんな」

「後ろからじゃ顔見えないだろ」

肩を竦《すく》めてみせるが、遼真は軽薄にははっと笑って首を振る。

「観賞用ってことじゃなくて、お近付きになれるだろって話。転校生の隣は女子だし、お前は一番近い男子な訳だ」

「……無いな。別にそういうのは」

既に物理的には一番近い男子であることを意識したら返答が遅れた。

「お。間があったぞ」

「ちょっと考えただけだ。お近付きになりたいとかはほんとに無い」

婚約的な意味ではむしろ距離を取りたいのだ。

「ほんとかぁ？」

「そういう大崎《おおさき》みたいな発想する男子ばっかじゃないでしょ」

健をからかうように笑った遼真の後ろから突然現れたのは、クラスメイトの榊愛《さかきまな》。遼真とは中学からのくされ縁だそうだが、去年は別クラスだったので健が知り合ったのは今年度に入ってからだ。

遼真曰《いわ》く、腹黒系ゆるふわ。玲奈《れいな》と比べると可愛さの方向に振り切った顔立ちと、それによく似合ったふわっとした明るめの髪、小柄で華奢《きゃしゃ》な体に纏う制服は少しのアレンジが加えられている。

つまり、健としても後半部分に関しては遼真に同意する形だ。前半部分についてはまだよくわからないが、遼真に対する態度は所謂《いわゆる》ゆるふわ系とは違うような気がしている。かと言って今のところ腹黒とも思わないが。

「男子なんてみんなこんなもんだぞ。幻想を抱くな、榊」

「だってさ、入谷《いりや》君。合ってる？」

「合ってないな」

「だってさ？」

愛がマイクでも向けるかのように健と遼真の間で手を行き来させる。健は特に反応しなかったが、遼真は鬱陶しそうに手で払いのけようとして逆にその手をはたかれていた。

「てか男子がみんなそんな思考なら私の周りとか男子密度凄くなるはずでしょ」

胸を反らしながら自信満々に「私可愛いし」と付け加えた愛への反応は遼真に任せるつもりだったのだが、当の遼真は愉快そうに笑いながら健に仮想マイクを向けた。

「健、コメント」

「……俺に振るなよ」

もちろん払いのけた。

愛の発言は事実だと思うが、それに同意するのはどうにも恥ずかしい。しかし――

「入谷君、コメント」

「こっちもか」

向けられた二つ目のマイクにうんざりした表情を向けるが、相手はどこ吹く風だ。一人目のインタビュアー同様の笑みを浮かべている。

「……前提になってる遼真《りょうま》の説が的外れなだけだな」

「『私可愛《かわい》いし』をちゃんと肯定してほしいんですけど？　大崎の方を否定してくれたからいいけど」

わざとらしく頬を膨らませた愛だったが、これ見よがしにため息をついてから遼真に対して勝ち誇る。

「まあ、個人差があることは認めるけどな」

対する遼真は苦笑を浮かべながら手のひらを上にして降参のポーズを取った。愛はそんな遼真に対して必要以上の追撃はせず、「ふーん」とだけ返して話題を転校生に戻す。

「でも、せっかくなんだから始業式から来られれば良かったのにねー」

「まあな。でもいいんじゃないか？　転校生なんだからみんな構うだろうし、遅れたせいで孤立するとかはないだろ」

「確かにね」

遼真や愛の言う通りだと思う反面、玲奈を知っている健としては彼女がこの学校で浮いてしまわないかと考えてしまう。

ここは玲奈が今まで通っていたようなお嬢様学校ではない。玲奈はこの学校に馴染《なじ》めるだろうか。非現実的なまでの美貌や優れた能力はもちろんだが、言葉遣いや立ち居振る舞いなども含め、浮世離れしたような彼女が。

「健、どうかしたか？」

「……いや。俺も転校生が——」

この学校に馴染めるといい。それを口に出そうとしたタイミングを見計らったように本鈴が鳴り始め、遼真がスピーカーを見上げてにっと笑った。

「健が遅かったからあんま話せなかったな」

「じゃあ次から話がある時は前日に言っといてくれ」

「今年度いっぱい予約入れといてくれ」

「じゃあ女子のとこ行かずに毎朝俺のとこに——」

「やっぱ無し。予約キャンセルで」

毎朝来られても困るが、遼真がこう言うのはわかっていた。わかってはいたが予想以上の反応の速さで、隣で見ていた愛がけらけらと笑う。

「悪質なキャンセルだし大崎を出禁にするってことで」

「そうだな、そうするか」

「おいおい健。友情を思い出せよ」

大げさに肩を竦めた遼真は「じゃあな」と軽く手を上げながら、隣の愛は「ほんとに出禁にした方がいいよ」とひらひら手を振りながら、どちらも自分の席に戻って行った。

二人が席についてすぐチャイムが鳴り終わり、同時にドアが開いて担任の男性教師が教室に入ってきた。普段と違いドアは開かれたままだ。日直が号令をかけてHRが始まってすぐ、三十代半ばの担任が教室を見渡して苦笑を浮かべる。

「みんな早くしろとでも言いたげだなあ。じゃあもう早速、今日からこのクラスでともに学ぶ転校生を紹介する。入って」

「はい」

綺麗《きれい》に澄んだ声に、教室中の視線が一斉に引き寄せられた。

軽く一礼した玲奈がドアをくぐってすぐ、感嘆の声があちこちから漏れ聞こえた。無理も無い。『凄い可愛い転校生』が来るという情報はみな知っていたのだろうが、現れた玲奈は全員の想像を超えているはずだ。

だから、最初にクラスメイトの目を引いたのはもちろんその整いに整った容姿だっただろう。主に男子が一気に色めき立ったが、教室内が騒がしくなることは無かった。

一切のブレが無い歩き方ゆえか、お手本として掲載されていそうな綺麗な立ち姿ゆえか、あるいは纏《まと》う雰囲気か。天宮《あまみや》玲奈の存在感を前に、気圧《けお》されたかのようにクラス中から音が消えた。

玲奈は一クラス三十四人分の視線を一身に受けながら、まるで臆することなく淑《しと》やかな微笑《ほほえ》みを浮かべて教卓の隣に立つ。

「天宮玲奈と申します。本日から皆さんとともに学ばせていただきます。少し遅れてのスタートとなりましたけれど、これから一年間、何卒《なにとぞ》よろしくお願い致します」

やわらかな微笑みはそのままに、教室中に視線を送りながら淀《よど》み無くそう言って、玲奈が深々と腰を折る。しかしそれに対して出迎える拍手はまばら。まだ現実感が無い、とでもいった雰囲気だ。そんな中で――

「よろしくねー」

大きな声を上げたのは愛だった。

「はい。こちらこそ、よろしくお願い致します」

小さく手を振りながらの愛に、口元の弧を少し深めた玲奈がスムーズな会釈《えしゃく》で返す。

愛が先陣を切ってくれたおかげか、クラス中から「よろしく」といった声が続く。数が多かったせいで個別の返答をすることはできなかったが、玲奈は「ありがとうございます」と綺麗な一礼を見せた。

(これなら大丈夫そうか)

よろしくに続いて色んな質問が飛び始め、それを担任が「後にするように」と苦笑で窘《たしな》めるのを見ながら、健《たける》は胸を撫《な》でおろす。

まだ騒がしい教室内、担任が諸々《もろもろ》の説明を始めた横に佇《たたず》む玲奈に視線をやると、ちょうどぴたりと目が合った。

ほんの少し頰を緩ませた玲奈が、しなを作るように僅かだけ首を傾けるその仕草は、不意打ちだったこともあってとても心臓によろしくなかった。

「で、お前はせっかくの特等席から逃げてきたと」

「特等席どころか罰ゲームだろ」

ＨＲが終わってすぐ、玲奈の周りには人だかりが形成された。先陣を切って話しかけて

天宮玲奈

いたのは女子だったが、その周囲に集まった男子たちも隙を窺《うかが》っては話しかけていた。

それだけならばともかく、彼らがたびたび机にぶつかるので後ろの席の健としてはいづらいことこの上なかった。休み時間も同じような状態に陥ったため、遼真の席に避難させてもらっている状態だ。

「次の休み時間もこうなるかな？」

「そりゃそうだろ。少なくとも今日一日は諦めろ」

「そんなにか」

「今でも十人ちょいくらい集まってるし、近くまで行ったはいいけど話せてない奴《やつ》もいる感じだろ？　それに自分の席で様子窺ってる奴もいるしな」

声のトーンを落とした遼真が首でくいっと示した方に視線をやり、健はため息をつく。

「という訳で、健も話したいなら頑張れよ」

「俺はいい」

玲奈は淑やかな微笑みを保ったままで、受け答えに困っている様子は無いものの、全方位から話しかけられて中々忙しそうに見える。健の場合は家で話せる訳だが、仮に学校で話したかったとしても、この状況では憚《はばか》られるというものだ。

「てかお前は話しかけに行かないのか？」

「せっかくだから話したいけど、あの状況じゃあな」

「私もー」

遼真の隣の席に座る愛《まな》が、朝と同じように自然な流れで会話に交ざってきた。机にべたっと貼りつくような体勢で露骨に不機嫌そうな様子を見せている。

「話したいけど男子邪魔ー。空気読んでほしい」

「男なんてそんなもんだって、朝言った通りだろ？」

肩を竦《すく》めて苦笑を浮かべる遼真をちらりと見上げ、愛は唇を尖《とが》らせる。

「私も話したい。何とかして」

「無茶言うな。ってかお前女なんだから俺より行きやすいだろ」

「これ以上人数増えてもあの子困るでしょ」

「そういう気は遣えるのが不思議だよ」

「私、気遣いの女」

「はいはい」

起き上がって殴りかかる愛と素直に腹を殴られた遼真を見て、こいつら仲いいなあと思いながら、健は視線を移す。

教室窓側最前列の席には、忙《せわ》しなく降りかかる質問に丁寧に応じる玲奈がいる。先ほどまでと変わらず微笑みを絶やさないままの彼女が、遼真や愛のような相手と話せるのはいつになるだろうと、そんなことを考えた。

帰宅して玄関を開けると、昨日と同じように玲奈《れいな》がいてまた驚いた。ただ、今日はたまたま部屋から出てきたところのようで、彼女の方も一瞬だけ目を丸くしていた。

玲奈はすぐに小走りでやって来て、嬉《うれ》しそうな笑みを浮かべる。その様子は昨日と似ていて、彼女の後ろにあるはずの無いしっぽを探しそうになってしまう。

「おかえりなさい。健さん」

「ただいま」

微笑む玲奈は着替えを終えたワンピース姿で、髪をまとめて手にエプロンを持っている。

「今から夕食の支度か?」

「はい。昨日と同じくらいの時間で問題ありませんか?」

「ああ」

そう返答したはいいものの——

「でも今日はデリバリーとかで済ませてもいいぞ? 転校初日で疲れただろうし」

玲奈の様子からはわからないし、むしろ機嫌が良さそうに見えるくらいではあるのだが、気疲れはあるはずだ。

今日一日中、玲奈の周りから人は引かなかった。職員室に用があると言って丁寧に断っていたものの、昼食の誘いは何度もあったたし、その上午後には他クラスから会いに来る者も出る始末で、まったく気が休まらなかっただろう。

「お気遣いありがとうございます」

どこか嬉しそうに少し口元を緩めた玲奈が「ですが」と言葉を続ける。

「緊張はありましたけれど、皆さんが話しかけてくださったので今日は楽しかったです。特別疲れているということはありませんよ」

そう言ってからふふっと笑って口元を押さえ、「それに」と玲奈が健を見つめる。

「とても良《よ》いことがありましたので」

「何かあったのか？」

今日一日前の席の玲奈を見ていた健だが、彼女の心が躍るような出来事は無かったように思う。もちろん、全てを見ていた訳ではないのだが。

「健さんが朝ご飯を食べてくださいましたから」

「……それで？」

「それで、とは？」

ほのかに頬を染めて目を細める玲奈に尋ねると、彼女はきょとんとして首を傾《かし》げる。

「いや、いいことって結局何なんだ？」

「健さんが私の用意した朝食を食べてくださったことですが……」

「それだけで、か？　それは俺にとっていいことじゃないか」

朝食を用意してくれたのに、気を遣ってそれを伝えなかった玲奈。それを健が食べたことのどこがいいことなのだろうか。

「いいえ」

優しく微笑み、玲奈が小さく首を振る。まとめられた栗色《くりいろ》の毛先が少し揺れた。

「健さんの起床や登校の時間などは、昨日の内に伺っておくべきだったのです。サプライズの件もそうですけれど、やはり昨日の私は随分浮かれていたのですね」

そう言ってからくすりと笑い、玲奈が眉尻を下げた。

「ですが、伝えていなかったのに健さんはお時間の無い中で完食してくださいましたよね。とても嬉しかったです」

「……いや、まあ」

やはり気を遣わせていたのだなと申し訳なさも感じたが、それ以上に照れくさい。

朱色の頬の緩みから、玲奈がたったそれだけで相当の喜びを感じてくれていることがわかってしまう。

「昨日の食事、美味《うま》かったからな。あればそりゃ食べるよ」

「ありがとうございます」

「……今朝のも、美味《おい》しかった。ありがとう」

「こちらこそありがとうございます」

少し視線を逸《そ》らしてのありがとうに、正面からのありがとうを重ねられてしまう。

「……一応もう一回言っとくけど、環境変わったばっかだし、疲れたら休んでくれよ」

「お気遣いありがとうございます。ですが、この調子でしたらすぐに慣れると思います」

「それならいいんだけどな」

今のところは楽しそうだから水を差すのはやめておこうと、健はそれ以上の言及をやめ、諸々玲奈に任せておくことにした。

◇　◇　◇

しかし翌日もその翌日も、玲奈の周囲が落ち着くことは無かった。

「健、日に日に不機嫌な顔になってないか？」

「なってないが」

「いーや、なってるね」

今日も遼真《りょうま》の席に避難した健が玲奈とその周辺に視線を向けていたところ、遼真が呆《あき》れたように肩を竦めた。健本人としても自覚はあるのだが、認めて口に出したくはなかった。

「私も流石《さすが》に大崎《おおさき》に同意」

「……毎日毎日周りでうるさくされれば腹も立つだろ」

けだるげな様子で机に貼り付いた愛にまで指摘されてしまい、健は渋々原因の一つを口にする。

「しかもそのせいで健は天宮《あまみや》さんと話せてないしな」

「別にそれはいい」

遼真が軽薄に笑いながら肩を叩《たた》いてくるので、できる限り鬱陶しい感情を露《あら》わにしつつその手を払っておく。

「私はよくないんだけど」

健以上に不満を隠そうとしないのが愛だ。わざわざ「ぶー」と口にしながら玲奈の席を、正確に言うのであればその周囲を睨《にら》みつけている。

「まあ榊《さかき》はどうでもいいけど、あれは流石になあ」

「どうでもよくないんだけど」

玲奈の周囲に集まるのは現在ほとんどが男子になっていて、同じクラスどころか他所《よそ》のクラス、さらに他学年からの来訪者も増えている。

遼真が言うには、最初は女子に遠慮していた男子たちだったが、一部が気にせずしつこく話しかけた結果、それを見た他の男子も遠慮が無くなっていったそうだ。話す内容も連絡先を聞いたり遊びに誘ったりと、転校生を気遣うという建前すら無くなっている。

そのせいで、今となっては女子の方が玲奈の周りに近付きづらくなっているほどだ。新しい環境に馴染《なじ》もうとしている玲奈にとって、いい状況とはとても言えない。彼女がそれを楽しみにしていたことを知っている健《たける》にとっても、面白い状況ではない。

(何とかしたいんだけどな)

と思いつつもその手段を考えつかずにいると、愛がまた「ぶー」と口に出す。

「話したーい」

「駄々をこねるな。その内落ち着いたら話せるだろ」

「それいつ?」

遼真が小さくこぼした「来週かな」という言葉に愛が「遅ーい」と不満を漏らしたが、

これについては健も同意だ。

このままでは、転入最初の一週間が男子に囲まれただけで終わってしまう。玲奈本人がどう思うかはわからないが、健からすれば良い印象ではないと思えた。もしかしたらこれが原因で女子と上手《うま》く関係が築けなかったらと、余計なことまで考えてしまう。

何とかしたくはあるのだが、健が割って入ったところで良くて周囲の男子が一人増えるだけ。悪ければトラブルになるだろう。

（どうすれば……）

何かいい方法は無いかと考えて視線を落とすと、唇を尖らせながら机に貼り付いたままの愛《まな》が目に入った。

「……なあ、榊さん」

「うん？」

「天宮さん、次の休み時間に職員室に呼ばれてるから、タイミングを合わせればそこで話せるんじゃないか？」

男子の健でダメなのであれば、女子の愛にやってもらえばいい。

遠回しに待ち伏せ紛《まが》いのことをしろと言った訳なので少し心苦しいが、一応愛の希望には沿っている。それに、このことをきっかけに愛が周囲にいるようになれば、玲奈を取り巻く環境も良くなるのではないか。

「えっ、ほんと？」

「ああ」

バッと顔を上げた愛に頷《うなず》いて返す。

「だけど何で健がそんなこと知ってるんだ？」

「先生と話してるのが聞こえた。後ろの席だからな」

実際は昨日家で玲奈本人から聞いていただけだが、それを口にする訳にもいかずに誤魔化すと、遼真が「なるほど」と小さく頷く。

「お昼も誘っちゃお」

「気が早いなお前」

ニコニコと笑いながら玲奈に視線を送る愛を見て、呆れたようにこぼす遼真に苦笑で応じながら、健は少し安堵《あんど》を覚えていた。

「ありがとね、入谷《いりや》君」

「これで天宮さんの周りが静かになるなら俺も助かるからな」

健が肩を竦《すく》めて応じると、愛は「ふーん」と口の端《はつ》を吊り上げ、それを見た遼真は「あーあ」と首を振った。

二人の反応の意味がわからなかった健に向けて、にんまりと笑った愛が口を開いた。

「入谷君が助かるんだったら――」


次の次の休み時間、作戦の効果は表れた。それもてきめんに。

「じゃあ玲奈《れいな》って呼ぶけど、いい？　私も愛でいいから」

玲奈に上手く接触できたらしい愛は、現在玲奈の机の正面に立って楽しそうに会話をしている。そのおかげもあってか、玲奈を中心とした輪の構成要員は現在女子のみだ。

「はい。よろしくお願いします、愛さん」

「さんは要らないんだけど」

口を尖《とが》らせておきながら即座に気楽な調子で「まあいいや」と付け足した愛に、玲奈が口元を押さえてふふっと笑う。

周囲の女子たちもそれに続き、次々に名前を呼び合っていく。今まで玲奈と中々話せなかった彼女たちも嬉《うれ》しそうなのだが、玲奈の方も男子に囲まれていた時よりも表情がやわらかいような気がした。

男子たちからの誘いでは断っていたが、今日の玲奈は愛たちからの昼食の誘いも受けていたので、きっと気がしただけではないのだろう。

「で、何で健はまたここに来てるんだよ？」

「男子がガンガン机にぶつかってくるよりマシだけど、周りが女子ばっかりでいづらい」

「何もったいないこと言ってるんだバカ」

「そこで出てくる言葉が『もったいない』なお前にバカと言われたくないんだが」

遼真とは高校に入ってからの付き合いで、今までも何度か「バカ」と言われたことはある。十何度、だっただろうか。しかし今回の「バカ」は、今までで一番本気度が高かった。

「だけど、もったいないとは言ってもあの状況じゃお前も流石に話しかけないだろ？」

「まあな。俺は和を乱すようなことはしないからな」

肩を竦めた遼真が「それに」と顎で玲奈の席を示す。

「今日はうるさい番犬もいるしな」

視線の先ではちょうど空気の読めない男子《チャレンジ精神のある男子》が突撃しに来ていたが、愛にあしらわれて玲奈に辿《たど》り着く前に撃退されていた。

「嫌な役頼んだかな」

「気にすんな。あいつは元からああいう奴《やつ》で、空気読めないナンパ男は大嫌いなんだよ」

「でもお前と仲良さげじゃないか」

「はあ？　どこがだよ……ってか俺は空気は読めるしナンパ男でもないからな」

「はいはい」

「……ま、健が機嫌いいみたいだから許してやるよ」

「別に、普通だけどな」

「はいはい」

勝ち誇ったような友人に、少しだけ自覚のあった健は何も言い返さなかった。


この日の帰宅時間は昨日より遅くなったのだが、玲奈が玄関で待っていた。わざわざ待っていなくてもと伝えたところ、「今日は特別なので」と彼女は随分と上機嫌で、それは夕食の時間になっても変わらない。

今日は愛のおかげでクラスの女子ともだいぶ話せていた。だから機嫌が良いのだろうと思っていると、玲奈は健の顔を見てから優しく目を細め、僅かに口元を緩ませた。

「どうかしたか?」

「はい」

やわらかな笑みを浮かべた玲奈がこくりと小さく頷く。

「健さん」

「うん?」

「今日はありがとうございました」

「……何が？」

喜色を滲《にじ》ませながらの玲奈が、感謝の言葉とともに淀《よど》み無いお辞儀を見せる。

「愛さんのことです」

「……何のことだ？」

口元を押さえてくすりと笑った玲奈が楽しそうに目を細めた。まるで子どもの可愛《かわい》いいたずらでも見つけたようだ。

「とぼけてもダメですよ。愛さんからお話は伺っていますから」

「あー……職員室に行くって言ってたのを教えただけだぞ」

「ダメですよ」

そう言ってもう一度くすりと笑った玲奈は、嬉しそうに僅かだけ頬を緩め、少しだけ得意げな表情を覗《のぞ》かせた。

「健さんは昔から嘘《うそ》がお下手ですから、すぐにわかります。それに、私の傍《そば》にいて男子たちからの緩衝役になってほしいと頼まれたとも、愛さんは言っていましたから」

「そうは言ってない」

あの時の会話の中で、愛が他の女子を伴っていれば男子は話しかけづらいだろうというようなことは言ったが、彼女の言いようでは健が随分と能動的だ。しかも――

「その代価として、愛さんにお菓子を渡す約束だったこともです。だから今日はお帰りが遅かったのですよね」

愛からは人気店のチョコレートを所望された。「入谷君が助かるんだったら、私にお礼しないとじゃない？」だそうだ。結果として健は周りが女性だらけの列に並んだ。恐らく列の女性陣は健の存在を気にしていなかっただろうが、いづらいことこの上なかった。

実際のところ、礼をしなくても愛は玲奈の近くにいてくれたと思っているし、遼真《りょうま》も「お前並ばせたいだけだろ」と言っていた。一応愛本人はそれを否定していた。だいぶわざとらしい笑みを浮かべながらではあったが。

「それを口止めしたことも伺っています」

「なのに何で知ってるかな」

小さく息を吐くと、玲奈も多少思うところはあったのか苦笑を浮かべる。

「愛さんは『言っちゃうけどいいでしょ』と気にしていませんでした。それに、私も聞かせてもらえて助かりました」

遼真が愛を腹黒系と評していた理由の一端が、今日少しだけわかった気がする。

ただ、一つだけ誤解は解いておかなければならない。

「言っとくけど、榊《さかき》さんは俺が頼んだから話しに行ったんじゃないぞ？　元々話したがってたけど機会が無かっただけだ。だからまあ、ちょうどいいと思ったんだよ」

「はい。愛さんからもその点は強く念を押されました」

少しだけ困ったように笑う玲奈の様子からも、念押しが相当であったことは察せられる。

「それに、機会を作ってくださった健《たける》さんにもお礼を言わなければと、愛さんが言っていましたよ」

それならばチョコレートの件を撤回してくれたらよかったものを。そう思って小さくため息をついた健を見て、玲奈がふふっと笑った。

「ありがとうございます。健さんは気を遣ってくださったのですよね」

ほんのりと頰を染めた玲奈が優しく目を細め、ほんの僅かだけ首を横に倒す。

「私が同性の方とあまり話せていなかったことに対してもそうですけれど、せっかくお話しできた愛さんが、実は健さんにお願いされたから来てくれたのだと思わせないように」

「別に、そういう訳じゃ……集まった男連中が鬱陶しかったし」

嘘ではない誤魔化しを口にすると、玲奈が大きく目を見開いて「やっぱり」と小さな声で呟《つぶや》いた。そのまま少しの間健をじっと見つめていた玲奈は、少しずつ目を細めていった。

このやわらいだ表情は知っている。玲奈が昔を懐《なつ》かしむ時に見せるものだ。

「健さんはやっぱり健さんなのですね」

「そりゃそうだろ」

そう返しはしたものの、玲奈がどういった意図で口にしたかがわからない訳ではない。失《な》くしてしまった大切なものをもう一度見つけたとでも言いたげに、懐かしむと同時に愛おしむように、高揚するように。先ほどまでより頬の色付きを少し濃くした玲奈の視線を正面からは受け止められず、健は彼女が作ってくれた食事に目を向けるしかなかった。

◇◇◇

週が明けると、玲奈の周りは少しだけ落ち着いた。先週のような大人数ではないものの愛やクラスの女子が近くにいるためか、他クラスの男子までが寄って来ることはほとんど無くなっている。

「あれだけ女子がいたら男は話しかけづらいし、それでも突っ込んでくるような、悪い意味で行動力ある奴は、最初の一週間で大体来終わったんだろうな」

昼休みの学生食堂、遼真は楽しそうに笑いながらそんなことを言う。

「あとは、健が榊をけしかけたのも大きいかな」

「けしかけたって、お前の中で榊さんは犬なのか」

「言ったろ、番犬だって。役に立ってるだろ？」

確かに玲奈の周囲に来た男たちを追い払い、寄せ付けないようにしているという点を見れば、遼真の評は的を射ている。

「どっちかと言うと猫っぽい気はするけどな」

「気まぐれでわがままだって言いたい訳だな」

「そうは言ってない」

「言ってないだけで思ってる、と」

「……勝手な意訳をするな」

気まぐれなタイプだとは思うが、わがままとまでは思っていない。今のところ。チョコレートを買いに並ばされたのは確かにキツかったが、愛《まな》の働きを考えれば安いくらいなのだし、今のところ健が愛に対して思うところは無い。

言葉に詰まった健をニヤケ面で眺めながら、遼真は「ふーん」と意地悪く口角を上げた。

「じゃあ本人に判定してもらうか」

「は？」

相変わらず腹の立つ顔で笑ったままの遼真が健の背後を指差すので、嫌な予感がしつつも振り返ると――

「私猫なんだ？　何で？　教えて？　入谷《いりや》君？」

学食のトレイを持った、笑顔の愛と、眉尻を下げた玲奈《れいな》が立っていた。

可愛らしく笑う愛の表情からは何故《なぜ》か威圧感が伝わってくる。顔も笑い方も当然違うのだが、玲奈に部屋を見られた時と似たような印象を受ける、気圧《けお》されるような笑顔だ。

（女子ってこういう笑い方得意なのか？　怖いんだが）

隣の玲奈に視線を送るも、彼女は小さく首を振って艶めく栗色《くりいろ》の髪を揺らす。処置無しであるらしい。

「ま、とりあえずここ座ろうか」

「お邪魔ではありませんか？」

「そんなこと無いからどうぞどうぞ。なあ健」

「ああ」

一瞬でけろりとした様子に転じた愛と歓迎ムードの遼真に促され、遠慮気味の玲奈が「失礼します」と健の隣の席に着く。

「……大崎《おおさき》の隣で我慢するか」

「……こっちのセリフだ」

じっとこちらを見ていた遼真と愛は、互いに諦めたように肩を竦《すく》めて隣り合った。

「で、入谷君。何で？」

「ええと……」

愛が先ほどまでの笑顔に戻る。流してくれた訳ではなかったようだ。

視線を逸《そ》らしながら言い訳を探すが、愛の視線が健を落ち着かせてくれない。

「私も愛さんからは猫のような雰囲気を感じますよ。周囲から愛されているところも、可愛らしいところもそっくりですし」

「そう、それ。俺が言いたかったのはそれ」

助け舟にすかさず乗せてもらうと、玲奈がくすりと笑って僅かに目を細める。

「まあ、玲奈に免じてそういうことにしといてあげるよ」

正面からの称賛に、健の知る限り初めて愛が照れた様子を見せた。意外だなと思ったのだが、彼女の表情は数秒で普段通りに戻り――

「番犬扱いするような奴《やつ》よりマシだしね」

何かを踏みつけるような音に次いで「うっ」と遼真がうめき、箸でつまんでいた唐揚げを落とす。辛《かろ》うじてトレイの上に。

玲奈はそんな遼真に心配そうな顔を向けていたが、「気にしなくていいよ」と言った愛に遼真が「お前は気にしろ」と返したのを見て、どこか安心したような苦笑を浮かべた。

健がそうだったように、この二人のコミュニケーションがこんなものなのだと玲奈も理解したのだろう。

「で、玲奈。改めてだけど、横のぱっと見真面目そうだけど実はチャラい女好きは大崎ね。下の名前は覚えなくていいよ」

「大崎、遼真な。あと初絡《はつがら》みから最悪の印象植え付けるのやめろ。俺は女の子と話すのは好きだけど女好きじゃないからな。よろしく天宮《あまみや》さん」

「チャラいの方は否定しないんだな」

「健も茶化すなよ。否定できないんだよそこは。俺は女子に嘘はつかないことにしてるからな」

男子にもつくなと内心で呟いた健の隣で、玲奈が口元を押さえてふふっと笑った。

「あ、すみません。皆さん仲がよろしいのだなと思ってしまって」

楽しげな玲奈に反論する気になれなかったのか、遼真と愛は不満そうにしながらも口を噤《つぐ》んでいる。そんな様子からも前言通りの印象を抱いたのか、玲奈が微笑《ほほえ》ましいものを見るかのように少し目を細めた。

「改めまして、天宮玲奈です。ご一緒させてくださってありがとうございます」

こういった場なので角度は浅かったが、玲奈らしくしっかりと姿勢を正した、洗練された一礼だ。

遼真はそんな反応が返って来るとは思っていなかったのか、「あ、ああ」と一瞬口ごもっていた。一方玲奈との付き合いが遼真より僅かだけ長い愛は、わかっていたかのように自慢げな顔をしている。

「だけど天宮さん、先週は教室で弁当じゃなかったっけ？」

「はい。今日は先週の段階で愛さんからお誘いがありましたのでこちらに」

相変わらず遼真は周りをよく見ているなと感心する。

因《ちな》みに健は普段から学食だ。玲奈は二人分でも手間ではないので弁当を作ると言ってくれたのだが、遠慮してある。流石《さすが》に悪いと思っていたし、今日のように玲奈の方が友人と学食というケースがあることを考えると正解だったようだ。

「あー、榊が無理矢理誘ったのか」

「ちょっと人聞き悪いんだけど。違うよね？」

「そうですね。半ば無理矢理だったでしょうか」

目の前の二人の「ほら見ろ」「違うもん」というやり取りを楽しげに眺め、玲奈がくすりと笑ってから言葉を続ける。

「ですけど、こうやって連れて来ていただけなければ、右も左もわからない私では来づらい場所でしたから。ありがとうございます、愛さん」

「ありがとう玲奈ぁ……ほら見ろ大崎」

「変わり身はええよ」

「私可愛《かわい》い猫ちゃんだから」

「うぜぇ」

頭の上に軽い握りこぶしを添えて猫を装《よそお》う姿は、確かに愛に似合っていた。しかしどちらかと言えば健も遼真《りょうま》に賛成寄りの感想だ。口には出せないが。

一方の玲奈はずっとにこやかで、無理をしている様子は無い。全くタイプは違うように見えるが、軽い冗談も言えるくらいに愛とは上手《うま》くやれているようだ。

(よかった)

この分であれば、玲奈が新しい環境に馴染《なじ》むのは割と早いだろう。

「で、健はずっと静かだな」

「ん?」

「いいのか?　せっかくの機会なのに天宮さんと話さなくて」

「俺は……」

軽薄に笑う遼真に問われ、これまでと同じように返答をしようとした。しかし隣に本人がいる状態で、別に話さなくてもいいと口にしていいものだろうか。

「てか知り合いでしょ、二人」

「は？　え？」

当たり障《さわ》りの無い言葉を探していると、愛がなんでもないことのように遼真に投げかけるので、健《たける》の口は開いたままになる。

目を向けると、呆《あき》れたような表情の愛とつまらなそうな遼真が顔を見合わせている。

「ネタばらしはええよ。もうちょっと遊べそうだったろ？」

「性格悪っ」

「お前にだけは言われたくない」

遼真と愛の言い合いが一旦終わり、こちらへ顔を向ける。その段階でようやく健の頭がゆっくりと動き始めた。

とぼけて誤魔化そうかと考えたのだが、二人にかまをかけているような様子は無く、疑い程度ではなく確信を持っているように思えた。

隣の玲奈を窺《うかが》ってみると、驚いた様子は無いがどこか諦めたような苦笑を浮かべている。

「ご存じなのでしょうとは思っていました」

「まあね。入谷君から玲奈と話せる方法聞いた時からなんとなくわかってたけど、それ込みで二人の様子見てればね」

「だな。因みに俺が確信したのは、さっき天宮さんがすっと健の隣に座った時」

「私も」

「あー……」

息を吐くと、眉尻を下げた玲奈が申し訳なさそうな視線を送っていることに気付き、軽く手を振る。

「最初に俺が疑われてて、気付かれるのも時間の問題だったみたいだし、気にしなくていい。むしろ俺が悪かった」

「……いえ。私の方こそすみません。それから、ありがとうございます」

安堵《あんど》の吐息とともに玲奈が少しだけ口元を緩ませる。

「で、健は何で隠してたんだ？」

「話題の転校生と知り合いってことで変な勘ぐりされるの嫌だったからな」

そこから万が一にでも同居や婚約の話が漏れてしまったらなおのこと困る。

「ふーん」

「で、どのくらいの知り合いなの？」

遼真はこれ以上は聞かないとばかりに適当な相槌《あいづち》を打つが、愛《まな》はまだ興味があるようだ。

「家同士のお付き合いがありまして、健さんとは小学生の頃によくお会いしていたのです」

「幼馴染《おさななじみ》的な感じ？」

「広い意味で言えば、そうなるのでしょうか」

玲奈《れいな》が少し首を傾けながら微笑んでそう返すのを横で聞き、胸にストンと落ちる。

婚約者という関係を受け入れられない健にとっては、二人の関係を表すのに適切な表現だと思えた。

「しばらくお会いしていなかったのですけれど、私がこちらに転校するに際して健さんのお父様のお世話になりまして」

「ああ、そう言えば。健の親父《おやじ》さん、不動産系って言ってたっけ」

何度も健の家を訪れている遼真には、その辺りの事情を軽く説明してある。

「へえ、そうなんだ」

「はい。ですので、住居をご手配いただきました」

淑《しと》やかな微笑みを浮かべたまますらすらと語る玲奈。その澄んだ声を聞きながら、健は内心で感心していた。

玲奈の説明は知られたくない部分は伏せたまま、それでいて一切の嘘《うそ》が無く自然である。

隠していた事情を急遽《きゅうきょ》話さねばならなくなった現状、健ではこうはいかなかった。

「ってことは、聞いてなかったけど玲奈一人暮らし?」

「はい。その通りです」

今度は明確に嘘をついた。表情に変化は無く、言葉にも淀《よど》みは無かったので愛も遼真も
気付かなかったようだが、口にしたのは事実と違う言葉。

「じゃあ——」

「まあとにかく。できれば他言しないでくれると助かる。さっきも言ったけど、変な噂《うわさ》が
立つと困るしな」

次の質問をしようとしてか口を開いた愛に先んじると、遼真が肩を竦めた後で頷《うなず》く。

「そんなに隠すことでもない気はするけど、健が言うようなこともゼロじゃないからな。

ここだけの話にしとくよ。な?」

「私口固いから任せて」

「嘘つけ」

健が心の中で思ったことを遼真が口に出す。

「ありがとうございます。愛さん、大崎《おおさき》さん。健さんにご迷惑がかかってしまうのは私としても本意ではありませんので、助かります」

「うん。玲奈が困るようなことはしないから、安心して」

綺麗《きれい》な姿勢の玲奈につられるように、愛が少し背筋を伸ばして微笑む。遼真や健に向けるものとは違う、優しい笑みだ。

（だいぶ扱いが違うな）

そこが気にならないではないが、愛が玲奈のことを友人として大事にしてくれているのだと思うことにした。実際そうなのだろうし。

「じゃあさ、逆に提案なんだけど。これから時々この四人でご飯食べようよ」

「……何故《なぜ》？」

愛はいいことを思い付いたと言わんばかりだ。健同様疑問に思ったのか玲奈は少し目を丸くして首を傾《かし》げているが、遼真は何やら考えるそぶりを見せている。

「こうやって一緒にご飯食べてればさ、普通は転校してきてから仲良くなったと思うでしょ？　元から知り合いとか思わないって」

「悪くないんじゃないか。健と俺、天宮さんと榊《さかき》。で、不本意ながら俺と榊って風にラインが繋《つな》がるしな」

「なるほど」

遼真と愛相手に下手なことを言って玲奈との関係がバレるリスクは増しそうだが、それ以外から変な勘ぐりをされる機会は減りそうだ。

どうしたものかと、睨《にら》み合う遼真と愛から隣へと視線を移すと、玲奈も健を見ていた。

遼真と愛の手前抑え気味ではあるが、端整な顔には賛成の文字が浮かんでいる。むしろ積極的賛成、だろうか。口元を僅かに緩ませながら、しなを作るように小さく首を傾けた。

品の良さはそのままだが、あどけない少女の顔が玲奈の期待を伝えてくる。

「まあ……そういうことならいいんじゃないか」

健にとってのプラスマイナスがゼロなのだから、玲奈の望む方向で構わないのだ。いや、彼女のああいった顔を見た後では、少しのマイナスくらいなら許容してしまいそうだ。

「虫よけゲット」

「思ってても言うな。空気を読め」

「むしろ蚊帳《かや》の外にされてる空気を敏感に感じ取ったんだけど?」

「……こいつはもういいや」

何やら意味のわからないやり取りの末に遼真がため息をついたのを見て、玲奈は少し目を丸くしてきょとんとしている。

健と目が合うと、小さく首を傾げた玲奈は少しだけ眉尻を下げて口元を緩めた。健同様状況はよくわかっていないようだが、それでも喜びが隠せずにいたのがよくわかった。

「これから、楽しみですね」

「……そうだな」

多少の不安はあるのだが、玲奈の言うことを否定する気持ちはまるで無かった。

健自身も、多分同じことを思ったからだろう。

◇◇◇

帰りのＨＲ終了後に遼真から誘われて遊びに出掛け、夕方に別れた。

これまで外で遊ぶ時にはそのまま夕食をともにすることがほとんどだったので遼真には不思議がられたが、デリバリーを頼んであると伝えたら納得していたようだった。

玲奈からは嘘が下手だと評されたが、自分も中々やるではないかと思いながら帰途についた。嘘が上手くなるのは人としてどうなのかと思わなくもないが、それはそれである。

「おかえりなさい、健さん」

「ただいま」

帰宅時間を伝えてあったからか、玲奈の出迎えがあった。もしかしたら玄関にいるかもしれないという気構えがあったので特に驚きは無かったが、彼女の様子が普段と違う。

落ち着きのある淑やかな佇《たたず》まいは同じなのに、今日の玲奈には出迎えてもらった時に覚える温かな印象が無い。表情が暗い訳ではないのだが、浮かべられた微笑《ほほえ》みが儚《はかな》く感じる。

「何かあったのか？」

「そういった訳ではありませんが」

小さく首を振った玲奈が少し眉尻を下げる。

(落ち込んでる？)

普段とどこが違うのかは上手《うま》く説明できないが、今の玲奈からはどこかシュンとしたような印象を受ける。

「夕食の前に、少しお時間を頂けますか？」

「ああ、いいよ」

「ありがとうございます」

きっちりとした深い一礼だ。一緒に暮らすようになってからはほとんど見ていない。見当はつかないが、大切な話をするつもりなのだろうとわかる。

玲奈の後ろに続いてリビングへ。お茶を用意すると言われたが固辞し、玲奈に促されてソファーに腰掛けると、彼女は正面のキューブ型ソファーに腰を下ろす。

来客用にと買わされた物で、玲奈が初訪問してきた時は健《たける》があちらに座った。

「大崎さんとのこと、すみませんでした」

互いに向かい合ってすぐに玲奈が口を開き、頭を深く下げる。

「私がいるせいですよね、大崎さんを家にお招きしなかった理由は」

「いや……まあ、そうなんだけど」

教室で遊びに誘ってきた遼真《りょうま》は最初、健の家に来たがっていた。高校一年の冬以来、健が家のことで忙しくなってしまったせいで遼真は長らくここに来ていなかったので、久しぶりにということだった。

家に招く訳にはいかなかった健は「部屋が散らかってるから無理」と伝え断ったのだが、そのやり取りは、前の席にいる玲奈にも聞こえていたはずだ。彼女には健が遼真に対して嘘をついたということが当然わかってしまう。そしてその理由も。

（失敗したな）

あの時はまるで気にしなかったが、玲奈の性格を考えればこういった思考になるのは明らかで、もっと上手い受け答えをすべきだったと自分の浅慮を呪ってしまう。せめて場所を移すくらいはできたはずだ。

「すみませんでした」

とても丁寧に、玲奈は深く頭を下げる。普段はふわりと乗せられた手のひらが、膝の上できゅっと握られているのが見える。まるで自分自身の心を締め付けているようだと、見ている健でさえも少しだけその感覚を覚えてしまう。

「自室の外には極力私物を置かないようにしていますので、これからは私のことは気にせずお友達を呼んでください。その間は外出していますから」

そういうことかと腑《ふ》に落ちる。浴室内や洗面所には彼女の物が無かった。玲奈しか使わないキッチンにも、エプロンすら置いておらず常に部屋から持ってきていた。

理由を深く考えてはいなかったが、それらは全て玲奈が気を遣ってのことだったのだ。

それだけではないはずだ。健が今でも気付けていないような気遣いが、きっとこの家中に溢《あふ》れている。思わず、握った拳に力が入る。

「いや、あのなあ」

ふーっと長く息を吐くと、俯《うつむ》きがちの玲奈が華奢《きゃしゃ》な肩を小さく震わせた。健は意識して力を緩め、努めて優しく声をかける。

「全っ然気にしなくていいからな」

「……え？」

ゆっくりと顔を上げた玲奈が健を見つめて目を丸くした。まだ眉尻は大きく下がっていて、僅かに潤んだ琥珀《こはく》の瞳は困惑に揺れている。

「遊ぶ場所が一つ使えなくなっただけだろ。いつも行ってた店が閉まったとかそんなレベル…………いや、それだと結構悲しいか？」

「ええと……恐らくは、そうだと思います」

尋ねられた玲奈はきょとんとしていたが、真面目さゆえか真剣に考える様子を見せた後でおずおずと答えを口にした。

「じゃあ、ええと……思いつかないけどとにかく気にしなくていいんだよ。遼真とは他の場所でだって遊べるし、あいつも気にしてないから」

多分、と心の中で付け加える。

「そうなのでしょうか」

「そうだよ」

まだどこか弱々しく首を傾げる玲奈に大きく頷いてみせる。

「気にしすぎだ。大体、『お前の家使えないなら友達やめる』って言いそうか？　遼真がそんな奴《やつ》じゃないのは、ちょっと話しただけでもわかるだろ？」

「あ……そうですね」

「だろ？　あんまり俺の友達をバカにしないでくれよ」

目を丸くした玲奈《れいな》に冗談めかしてそう続けると、「すみませんでした」と苦笑が浮かんだ。まだ自嘲気味で弱々しくはあるが、申し訳なさで消えてしまいそうな様子ではない。

「大崎《おおさき》さんに対してはもちろん、健さんにも失礼なことを言ってしまいましたね」

「俺に？　ああ、逆に言えば俺の価値がこの家だけみたいな感じだもんな」

「そんなはずが無いのは、誰よりも私が知っていたのに」

健が軽い調子でそう口にすると、玲奈はまた少し俯いて、膝の上の手にきゅっと力を込め、僅かに震わせた。

「……もう一回言うけど、気にしすぎだ。家に友達呼べないのはお互い様だろ？」

「ですが、ここは元々健さんのお家《うち》で、私はお邪魔している訳ですから――」

「邪魔だなんて思ってない」

言葉を遮ると、伏し目がちだった玲奈が目線を上げ、健の視線と絡《から》まる。

先に視線を逸《そ》らしたのは健で、意を決して玲奈と目を合わせ、もう一度逸らした。視界の端に不思議そうに首を傾げる彼女が映る。

「あー」

呻《うめ》くように吐き出し、玲奈の透き通った琥珀の瞳をしっかりと見つめる。

「俺は、一緒に暮らせて、今の生活は悪くないと思ってる……その、婚約のこととかは抜きにしてだけど」

「健さん……」

中々締まらないが、目を丸くした玲奈は視線を逸らすことなくしっかりと健を見つめてくれている。

「食事が美味《うま》いとか、掃除してくれるとか。そういうのも凄《すご》いありがたいんだけど、家に帰ってきたらいてくれたり、朝起きた時とかもそうだ。あとは、一緒に食事するのもそうだし、上手く言えないけど……二人で暮らすのは、悪くないと思ってる」

途中でやはり恥ずかしくなって視線を逸らし、言い切ってから戻す。

整いに整っているはずの玲奈の顔は、今少し様子が違う。何かを言おうとしたのか薄い唇は僅かだけ開き、白磁の肌は随分と濃く色付いていて、琥珀の瞳が揺れている。

「だからまあ、遼真が来なくなるとかは些細《ささい》なことだ。気にするな。わかったか？」

また視線を逸らしたものの、玲奈がこくりと頷《うなず》いたのはわかった。

「あとはあれだ。私物を置かないとかは全然考えなくていいからな。洗面とかキッチンとかはもちろんだけど、リビングとかも好きに使っていいんだからな」

「はい。ありがとうございます」

「礼も要らないから。元々は俺の家だったけど、今は、一緒に暮らしてるんだしな」

「はい」

そう言って頷いてから、玲奈が小さくふふっと笑うのが聞こえた。

「ですが、嬉《うれ》しいのですからお礼は言わせてください」

静かで落ち着いた声音なのに、不思議なことに少し弾んでいるように聞こえる。今、玲奈はどんな表情をしているだろう。本音では確認したかったが、健は顔を逸らしたままソファーから立ち上がる。

「……とにかく。遠慮とかされるとこっちも気を遣うから、遠慮するなよ。じゃあ俺は着替えてくるから」

「あ。健さん……もう」

逃げるように向けた背中からは、玲奈がくすりと笑う声が小さく聞こえた。

その後の夕食の最中、何度も玲奈と目が合った。

「……どうかしたか?」

「なんでもありませんよ?」

優しく目を細めてこちらを見ているものの、尋ねてもしなを作るように可愛《かわい》らしく首を傾けるだけ。

美味《おい》しいはずの手料理の味はあまりわからなくなってしまっていたし、先ほど本音を伝えたことも相まって恥ずかしくて堪《たま》らなかったのだが、不思議と悪い気はしなかった。ただ、多分耐えられないので次はごめんである。

◇　◇　◇

かつて自室が散らかったままでも平気だったのは、玲奈に言ったように寝るだけの場所だったからだ。正確には、散らかった部屋を片付けるのが面倒だったので寝るだけの場所にしたのだが。

そういった訳で、スマホをいじるにせよ本を読むにせよ勉強をするにせよ、健は基本的に全てリビングで行っていた。

玲奈と同居するようになってからは自室で過ごすようにしようと思ったのだが、一人暮らし一年間で身についてしまった習性なのか、自室の机がどうにも落ち着かない。なので結局健は今でもリビングで過ごすことが多かった。

玲奈の方はと言うと、家事を行う以外では基本的に自室で過ごしている。ただ、今日は少し違ったようで――

「健さん」

「ん？」

今日の分の勉強を終わらせてリビングで漫画を読んでいた健は、珍しく玲奈に声をかけられた。

顔を上げると、「お邪魔してすみません」と軽く頭を下げた玲奈が、「ええと」とほのかに頬を染めていた。

「どうかしたか？」

いつもまっすぐに健を見る玲奈が珍しく視線を逸らし、健に視線を戻してからはにかむ。

「私も、ご一緒して構いませんか？」

「何をご一緒するんだ。これか？」

手に持った漫画を見せると、玲奈は一瞬首を傾《かし》げた後で「いえ」と少し眉尻を下げた。

「私もここで過ごしてもよいでしょうか、という意味です。うるさくはしませんので」

「……そりゃそうか」

普通に考えれば明らかにそちらの文脈だ。玲奈と二人で一冊の本を読む想像をしてしまった自分は冷静ではなかったようだ。

「どうぞ」

「ありがとうございます。部屋から本を持って来ます」

「了解」

顔を綻ばせて声を弾ませた玲奈が軽く一礼し、自室の方へと歩いて行った。相変わらず惚《ほ》れ惚《ぼ》れするくらいに綺麗《きれい》な所作だ。嬉しそうにしながらも、滅多なことではそれが崩れない。それも彼女らしいと思えた。

「やっぱり、気を遣わせてたよな」

今になって思えば、これまで玲奈がリビングで過ごさなかったのは健《たける》が占領していたからだろう。申し訳なさも覚えるのだが、逆に考えれば彼女の遠慮が少し減ったとも言える。

「戻りました」

「ああ、おかえり」

一分程度の時間を置いて戻ってきた玲奈に言葉を返すと、微笑《ほほえ》んだ後で小さく首を傾げ、彼女がもう一度優しく微笑んだ。

「どうかしたか？」

「ちょうど面白いところでしたか？　楽しそうなお顔をしていますから」

「いや……そうだな」

健の漫画は閉じたままだ。だから理由は別のところにあるのだが、口にはできず玲奈の問いを肯定しておく。

「失礼します」

ロングスカートを押さえながらの玲奈が、健の隣に腰掛けた。それなりに幅のあるソファーなのでぴったり隣という訳ではないが、少しだけ意識してしまう。

玲奈はそんな健の心中などは当然知らないのだろう、手に持った本を静かに開いて目を落とした。

（絵になるな）

小さな動きで文字を追う琥珀の瞳も、それを縁取る艶《つや》やかな長いまつ毛も。高く通った鼻筋も、雪白の頬も、その横を流れる栗色《くりいろ》の髪も。時折緩やかな弧を描く薄めの唇も。ほとんど音もさせずにページをめくる指先も、少しも崩れないまっすぐな姿勢も。

玲奈にとってはきっと特別なものではないはずだ。それでも、とても綺麗だと思った。

だから、視線を手元の漫画に戻すのには少し苦労した。

その後、健がふと玲奈に視線を送ってしまうと、たまたま横目でこちらを見ていた彼女と目が合った。

僅かだけ眉尻を下げてくすりと笑ってから静かに本を閉じ、どこか恥ずかしそうに前髪に触れた玲奈が体を少しこちらに向ける。

「どうかされましたか?」

「別になんでも。ただ、なんとなく?」

綺麗だったから気になって見ていたとは絶対口にできない。ふと、遼真《りょうま》ならば素直に言えるのだろうかと疑問に思った。そしてもしそれを言葉にしたのならば、玲奈はどんな反応をするのかも。

(言われ慣れてそうだし流されるか)

事実、教室での玲奈は褒められても否定や大げさな謙遜をすることは無く、礼を言うにとどめている。

「なんとなく、ですか?」

「なんとなくだな」

誤魔化したようにはなったが、実際になんとなくが正しいような気がする。ただ綺麗だったからという理由ならば、健は普段から玲奈を見続けているはずだ。

「そうなのですね」

「ああ」

ほんの少し首を傾けた玲奈がふふっと笑い、再び手元の本を開いて視線を落とす。それを合図に健も本に挟んでいた指を抜き、同じように本に目を向けた。

結局、その後も健の視線はまずまずの頻度で玲奈《れいな》に向かってしまった。

さらりと流れた艶やかな髪を耳にかける。髪の長い玲奈にとっては自然な動作だっただろう。しかしその自然な様子にさえも息を呑んでしまう。

（ああそうか）

目を引かれた理由は単純な容姿の美しさだけではない。日頃から見える洗練された所作が今のようにほぼ無意識でも行われるのは、彼女の努力の賜物《たまもの》なのだと気付いたからだ。

昔の玲奈と今の玲奈が重ならないのは、時間の経過や健の記憶がおぼろげなだけではなく、実際に彼女がそれだけ変わったからなのだろう。

だから、健は天宮《あまみや》玲奈を綺麗だと思った。何度も何度も視線を惹《ひ》きつけられた。

（父さんも無茶言うよな）

玲奈を手本にしろというようなことを言われたが、とても真似《まね》できない。

それなのに不思議と、ほんの少しだけでも見習ってみようという気持ちにもなった。

「健さん」

「ん？」

「そうやって背筋を伸ばしていた方が、格好良いですよ」

顔を上げてみると、目を細めて微笑んだ玲奈がなんでもないことのようにとんでもないことを口にした。

「なっ………いきなり、何言い出すんだよ」

「思ったままを口に出しただけですよ？」

言葉の通り、思ったから褒めたのだというのはわかる。きっと玲奈は褒められ慣れているのと同じように褒め慣れているのだろう。

「そ、それがダメなんだ。こっちはそんなこと言われ慣れてないんだぞ」

「でしたら、これから私が何度でもお伝えしますよ。健さんにはたくさん素敵なところがあるのですから」

「そんなものは無い」

「ありますよ」

「無い」

優しく微笑んだままの玲奈は、健が折れるまで「あります」の言葉を発し続けた。

# 三章

平日、普段より少し早く目が覚めた。昨晩早めに寝たからだろうか。

これまでの健ならばそのまま目覚ましの時間まで二度寝直行だったのだが、今日は眠気も無いしこのまま起床してしまおうかという気分だった。

ベッドの上で伸びをしてから起き上がり、そのまま洗面所へ。いつもよりも早いため、玲奈がいるかもしれないと軽くノックをし、返事が無いのを確認してから中に入り歯を磨き顔を洗う。時間が違うだけで普段通りの朝だ。

（しかし、たくさんあるな）

洗面所の収納に置いてある健の物は歯ブラシ、歯磨き粉、洗顔せっけん、化粧水。対して玲奈の物は歯ブラシ、歯磨き粉までは同じだが、あとはたくさんあるとしか言えない。

しかも多数のボトルだけではなく、よくわからない機器の類まで置いてある。玲奈の洗練された所作を彼女の努力の結晶だと思ったが、容姿に関しても同様なのだろう。頭が下がる思いだ。

少し気圧《けお》されながらも歯磨きと洗顔を済ませて着替えてからリビングに向かうと、制服姿の玲奈が朝食をとっているところだった。こちらに気付いた彼女は驚いた顔をしたが、すぐに淑《しと》やかな微笑みを浮かべる。

「おはようございます、健さん」

「ああ、おはよう……玲奈」

健が挨拶を返すと、玲奈が丸くした目を優しく細めて口元の弧を深くする。

「……すぐにお食事をご用意しますね」

「いやいいよ。それくらいは自分でやるから」

立ち上がろうとする玲奈を慌てて止める。用意と言っても、できているスープとサラダをよそってトーストを焼くだけ。現状で既に至れり尽くせりだ。

「作ってくれるだけで十分ありがたいんだから」

宥《なだ》めるように軽く肩を竦《すく》ませながらトースターをセットし、飲み物を用意する。

「健さん。夢見が良かったのですか？」

「……良くなくてもこのくらいはするけど」

玲奈の中の健のイメージが悪い。くすりと笑った玲奈を見てそう思ったのだが、彼女はゆっくりと首を振る。艶めく栗色の毛先が僅かに揺れた。

「そういうことではなく、ご機嫌が良《よ》いように見えましたので」

「別に、いつも通りの朝だろ？」

起床して洗面に行くまではそうだった。違うのはその後。

「そうですね」

同意こそするものの、優しく笑んだままの玲奈はきっとわかっているのだろう。まあ、綺麗に並べられたボトルたちのおかげだとはわからないはずだが。

そんなやり取りをしている間にトーストが焼き上がり、健は玲奈の向かいに腰を下ろす。

「いただきます」

「どうぞ。お召し上がりください」

玲奈の作る朝食は基本的にパンとスープ、サラダが中心である。これは朝食の内容を尋ねられた健が「朝はほとんどパン」と答えたからだ。用意するのが面倒なので買っておいたパンを食べる、という意味だったのは今でも言えていない。

玲奈は洋食よりも和食の方が得意だと言っていたが、パンは日によってトーストやバゲットなどをはじめとして種類が変わるし、スープやサラダも同様。基準はわからないがそれらに合わせて時々卵料理が付属する。現在では健の日々の楽しみの一つだ。

今日はトーストとコンソメスープ、キャベツを中心にしたサラダ。健はトーストにバターを塗ってからスープを口に運ぶ。

「健《たける》さんはパンにはバターだけなのですか？　ジャムもあまり減っていませんし」

「そうだな。絶対って訳じゃないけど、バターだけな気分の日が多いんじゃないかな？」

「そうなのですね」

「玲奈はママレードが好きなのか？」

皿の上のトーストに塗られているのもそうだが、思い返してみれば冷蔵庫の中にある各種ジャムの中でも、ママレードの減りが一番早いような気がする。

朝食をともにするのが初めてなこともあって、互いに発見があるようだ。

「はい」

「柑橘《かんきつ》系が好きなんだな」

「よくおわかりになりましたね」

「まあ、なんとなく」

玲奈がこの家を初めて訪ねて来た日、近付いた彼女から柑橘の香りがしたことが印象に残っていた。なんとなく、の理由はこの辺りだろうか。

「なんとなく、なのですね」

目を細めた玲奈が口元を押さえ、ふふっと笑う。

「どうかしたか？」

「いえ。なんでもありません」

「そうか」

　玲奈はもう一度ふふっと笑う。

「早く食べないと遅刻するぞ」

「そうですね」

　どの口が言うのかと自分でも思うが、玲奈は楽しそうに笑いマグカップを口元に運んだ。

ただ、健自身いつもよりも食べるスピードが遅いのは自覚していた。会話をしたことや
時間に余裕があることだけが理由ではなく、この時間が心地良い。

　玲奈の作ってくれる食事が美味《おい》しいのは毎朝のことだが、今日はそれが際立《きわだ》っているし、
食卓が普段より明るく感じる。

（あ。本当に明るいのか）

　いつもなら閉まっているベランダのカーテンが、今朝は開いていることに気付いた。恐
らく玲奈が家を出る前に閉めるので、健が普段朝食をとる時間には開いていないのだろう。

　健は今まで、登校前にカーテンを開けることなどしなかった。どうせすぐに閉めるのだ
から、と。玲奈のしたことは特別なことではないはずだ。だが、とても温かなのは日の光

だけが理由ではないだろう。

ふと向かいの玲奈に視線を送ると、ぴたりと目が合った。先に食事を始めていた彼女の方はあと少しで食べ終わるという状況だったが、そのあと少しに手を付ける様子が無い。

「待ってなくていいんだぞ」

「そういう訳ではないのですけれど、せっかく初めて朝食をご一緒するのですから、最後までと思いまして」

そう言って少し首を倒してはにかみを見せる玲奈。

「あ。すみません。これでは急《せ》かしているようですね」

慌てた様子でそう続け、それでも品のある仕草で残りに手を付けようとする。

「いや、まあ、それは俺も思うから気にしないでくれ」

「健さん……」

「まあだけど、明日は『いただきます』から一緒にいるから、今日は先に済ませてくれ」

「……はい。楽しみにしています」

俺もだよ。可愛《かわい》らしく表情を崩した玲奈に、そう心の中で付け足しておいた。

◇　◇　◇

「玲奈《れいな》、今日遊んで帰らない？」

「すみません。お誘いは嬉《うれ》しいのですけれど、夕食の支度をしなければなりませんので」

四人での昼食中、「あ、そうだ」と軽い調子で口を開いた愛《まな》に、玲奈が申し訳なさそうに頭を下げた。

これまでの放課後の誘いも、健の知る限りは同じ言葉で断っていたのだが、それはあくまでも親しくない男子からの誘いだからだと思っていた。

「一人暮らしだし、遊ぶ日は外食とかでいいんじゃない？　あ、今日そうしろって言ってる訳じゃないからね」

「そうなのですけれど……」

健の向かいに座る玲奈は、眉尻を下げて言葉を濁した。

「いいんじゃないか？」

「え？」

これまで健を見なかった玲奈が目を丸くしてこちらを向き、隣の遼真《りょうま》は「んん？」と、対角の愛は「ほあ?」と三者三様に驚きを示した。

「いや……」

もっとさらっと流してもらえるかと思っていたのだが、予想外に注目を集めてしまい言葉に詰まる。

「榊《さかき》さんの言う通り、毎日自炊しなくてもいいんじゃないかってこと」

つまり、玲奈が本当に一人暮らしであるならば、愛が言う通りの行動をするのではないだろうか。

つまり、今の玲奈にとって枷《かせ》になっているのは健なのだ。この話題になって以降ずっと健から視線を逸《そ》らしていたのも、逆にわかりやすい。

断りの文句は他者へのものと一緒でも、表情や声音は今までと違う。玲奈が本心では愛の誘いを受けたがっているのは一目瞭然だ。

健としては当然玲奈の作る食事を楽しみにしているが、それで彼女の学生生活を縛ってしまうのは本意ではない。

「俺なんて自炊一切してないし」

「健さん……」

自炊という言葉を使いはしたが、玲奈に意図はしっかり伝わったようだ。

「お前はちょっとくらい自炊しろよ」

そう茶化して健を小突いた遼真が、「大体」と度の入っていない眼鏡を持ち上げ、わざとらしく意地の悪い笑みを浮かべる。

「天宮《あまみや》さんが榊と遊ぶの嫌かもしれないんだから、断る口実奪っても悪いだろ」

「そんなことないし！」

乾いた音とともに卓上のトレイを揺らした愛が玲奈に顔を向け、「ね？」と念を押す。

「……はい。私も愛さんと出かけたいと思っていますから」

言わされたに等しい玲奈だが、浮かべられた苦笑には諦観ではなく期待が見える。

「よし決定！　いつにする？　今日とか？　ってか今日？　やっぱり今日？」

遼真が呆《あき》れたように「いきなり調子に乗ってるよ」と呟《つぶや》くのを聞きながら、「ええと」と困惑している玲奈の視線を受け止める。今日出かけても問題無いでしょうか？　琥珀《こはく》の瞳からはその質問が読み取れた。

玲奈の都合が良いのであればいつでも構わない。健がごく小さく頷《うなず》いて返すと、彼女の頬が少しだけ緩んだ。

「はい。では今日、ご一緒させてください」

「やった」

小さくガッツポーズを取った愛は、その勢いで「じゃあ」と何故《なぜ》か健に視線を向ける。

「入谷《いりや》君、放課後予定入れないでね」

「何で俺が？」

今の時点で予定が入っていないことを前提にしないでほしいのだが、実際に入っていないので、何やら企《たくら》むように笑う愛に反論せずにただ尋ねる。

「え？　だって一緒に行くんだし」

「何でだ？　人数欲しいならクラスの女子誘えばよくないか？」

「最初だしあんまり大人数にしたくないでしょ？　で、玲奈と出かけたい子結構多いから、誰誘うかで揉《も》めても嫌だし」

確かに大人数だと玲奈がより気を遣いそうだとは思う。

「だったら榊さんと二人で行けばいいだろ？」

「昔からの知り合いがいた方が玲奈も心強いでしょ？　それにナンパ避けにも最適。それとも、私と二人きりにして何かされてもいいの？」

「どういう脅し文句なんだよ、それ」

少なくとも、愛が玲奈に対して害を及ぼすような人間だとは思わない。何か良くないことを教えそうな気はしないでもないが。

ただ、またも玲奈が一瞬だけこちらを窺《うかが》ったことには気付いた。健の同行を望んでいることにも。

「……わかったよ」

大きくため息をついてから承諾すると、「わかればよし」と大きく頷いてみせた愛の横で、玲奈がほんの少し笑みを深くしたのがわかった。

玲奈は愛を友人だと認識しているはずだが、それでも二人きりで遊ぶとなると多少の緊張があったのではないかと思う。お嬢様学校にいた玲奈からすれば、全く新しいタイプの友人なのだろうから。

「じゃあこの四人でどっか行くってことでいいんだな？」

「四人？　三人だけど」

「おい。ナチュラルに俺をハブるな」

わざとらしくあざとい顔で大きく首を傾《かし》げた愛に対し即座に遼真がツッコミを入れ、二人のじゃれ合いが始まった。そんな様子を見て、玲奈が優しく微笑《ほほえ》んだ。

「楽しみですね」

「そうだな」

「はい」

期待に顔を綻ばせた玲奈が可愛らしく頷いた後、「ありがとうございます」と囁《ささや》くように小さな、それでいて彼女の嬉しさが伝わる声が聞こえた。

「で、どこに行くんだ？」

放課後、目立つと面倒だからと校門を出て数分歩いたところに集合後、遼真に尋ねた。

「さあ？　どこだ、榊」

「うーん。カラオケとか？　カフェとかファミレスとかウィンドウショッピングなんかは女子だけならありだけど、まあ話すだけより遊べる感じのとこにしよっかなって」

「まあそうだな。いいんじゃないか？」

「え、何その上から目線」

「珍しく褒めたんだが？」

二人のやり取りを見ていると、いつの間にか健《たける》の隣に来ていた玲奈が口元を押さえてくすりと笑っていた。

「カラオケで大丈夫そうか？」

「経験はありませんけれど、歌える曲が無い訳ではありませんので恐らく大丈夫です」

予想通り玲奈にカラオケ経験は無かった。それでも本人は笑顔のままなのだから気を回しすぎるのは良くないとは思うのだが、最近の曲は歌えるのだろうかと気になってしまう。

レパートリーの多くない健が心配することではないかもしれないが。

「家の都合で芸能関係の方と顔を合わせる機会も稀《まれ》にありまして。お会いする前にはある程度調べますので、その関係上」

「なるほどな」

話自体はわかるが、それは大人としてのあり方ではないだろうか。健はもう長いこと社交の場からは離れているが、玲奈はずっとあそこにいたのだと改めて意識させられる。

「健さん」

「ん？」

考えにふけっていた健に声をかけた玲奈は、少し眉尻を下げながら健を見上げ、僅かに唇を尖《とが》らせていた。

怒ってみせているだけなのはわかるが、先ほどまで随分と大人びて見えた玲奈が歳《とし》相応の表情へと変わって見え、頬の力が少し抜けるのがわかった。

「もしかしてですけれど、私が演歌の類しか歌えないとお思いでしたか？」

「いや、流石《さすが》にそこまでは思ってない」

「『そこまでは』なのですね」

「……ああ」

近いことを思ってしまったのは事実なので渋々ながら頷くと、玲奈は僅かに表情を崩してふふっと笑う。

「そうだと思いました」

「なん――」

「ちょっと入谷君。私に大崎《おおさき》押し付けて玲奈独り占めしないでよ」

理由を問おうと思ったが、玲奈は不満顔を見せる愛に「すみません」と笑顔で寄って行ってしまった。対して健の元には「あいつ俺をハズレ扱いしやがって」と憤慨したような遼真がやって来る。

「押し付けるっていうかお前ら磁石みたいにすぐくっつくだろ」

「やめろ。どう見てもNとNだろ」

「はいはい」

周りのことは良く見えるくせに自分を客観視することは苦手らしい遼真を置き去りにした健は、いつの間にか少し先まで行ってしまった玲奈と愛を追いかけることにした。

「置いてくなよ」

が、遼真はすぐに追いついて隣に並ぶ。

「数少ない友達に対して酷《ひど》い奴《やつ》だな」

「数少ないとか言う方が酷くないか？」

遼真《りょうま》が多すぎるだけで健は特別少ない訳ではない。はずだ。

「友達は数じゃなくて質だから安心しろ」

そう言って立てた親指を自分に向ける遼真に冷たい視線を送っておく。

「で、場所は？　いつものとこか？」

「いつもって言うほどお前来ないだろ……誘ってるのに。まあ、そこだけど」

「そうか。じゃあまあ、前の二人に追いつくか。ナンパ避けも任されてる訳だしな」

「だな。天宮さんはもちろんだけど、榊も外見だけはいいからな」

「……走るか」

「やる気出すねえ」

健は今度こそ遼真を置き去りにした。


カラオケ店に入って愛《まな》と遼真がああだこうだと言い合いながら部屋を選んでいる最中、玲奈《れいな》は辺りをきょろきょろとしていた。目を輝かせるとはならないものの、初めて訪れた場所で様々な物が気になるようだ。

「あれは……ドリンクバーというものですね」

この分ではファミレスなどの経験も無さそうだ。

「あの楽器は、タンバリンとマラカス、ですね。音を鳴らすだけでしたら素人《しろうと》でも簡単な楽器ではありますが、どのような共通点があって置かれているのでしょう」

「その、音を鳴らすだけなら簡単なところが共通点だな」

「どういうことでしょうか?」

健に尋ねている訳ではなかっただろうが、頭の上に大量の疑問符を浮かべる玲奈がどこかおかしくて口を出すと、彼女は心底不思議そうに首を傾げた。

「盛り上げるために使うんだよ。手拍子とかでもいいけど、その代わり的な感じ」

「聴き手にもそういった役割が求められる場所なのですね」

真剣な表情で息を呑む玲奈がまた少しおかしくて、微笑ましい。

「いや、そんな大層なもんじゃないぞ? あくまでやりたければやる感じ。歌ってる時にそういうのやってほしくない奴もいるしな」

「ただ合いの手を入れればいいだけではない……奥が深いのですね」

「いや……そうだな。とりあえず今日はあの二人を参考にすればいいんじゃないか?」

生真面目《きまじめ》な玲奈には口で説明するよりも実際の様子を見てもらった方が早い。そう思ったのだが――

「ハイハイハイハーイ！」

最近動画系SNSで流行《はや》っているらしいアイドルの曲を振り付けまで完璧にコピー——遼真談——して熱唱する愛と、熱烈なコールと手拍子をする遼真。普段は犬猿の仲を演じる二人だが、こういった場では空気感を重視するようだ。

中央のテーブルを挟んでコの字型に配置されたソファーのドア側に健と遼真、壁側に玲奈と愛という座席順。愛の隣に座る玲奈は、健に対して縋《すが》るような視線を向けてきていた。

私もこれをするべきなのでしょうか？　少し潤んだように見える琥珀《こはく》の瞳は、完全にそう言っている。震える子犬のようで、非常に申し訳なく感じる。

健が「すまん」と口を動かして大きく首を振ると、玲奈が心底ほっとしたように息を吐いたのが華奢《きゃしゃ》な肩の動きでわかった。

カラオケに連れてきたこと自体は良くても、一緒に来る人選を間違えたような気がしてならない。半分ほど真剣にそう考えたのだが、玲奈はいつの間にか愛の歌に小さな手拍子を合わせていた。

（真面目な性格ってだけじゃないんだろうな）

少し困ったように眉尻を下げてはいるが、優しい弧を描いた口元や小さく体を揺らしてリズムを取る姿を見れば、無理矢理頑張っているなどとは思わなかった。

「いやー、疲れた。どう？　私可愛《かわい》かった？」

「はい。歌も踊りもとてもお上手でしたし、何より愛さんがとても楽しそうで、輝いて見えました」

「あ、ありがと……」

歌い終わったばかりの愛は自信満々な顔をしていたが、やはり玲奈のまっすぐな褒め言葉には弱いらしい。顔が赤いのは振り付けを交えながら思い切り声を出していたことが理由かどうか、聞くのは野暮だろう。

「顔が赤いぞ榊《さかき》。照れるなら変なこと聞くなよ」

デリカシーとは何なのだろうか。

「うっさい！　次、曲入れて」

「おう」

普段ならここからじゃれ合いが始まりそうなものだが、遼真は素早く曲を選んでマイクを手に取った。

そうして今度は先ほどと逆、流石に遼真は振り付けをコピーまではしていなかったが、随分と派手な歌い方をしていた。コールの方は愛が担当。隣の玲奈は多少慣れたらしいが、それでもやはり困ったような笑顔再びだ。

「やっぱ疲れるな」

「お疲れ。そりゃあれだけ全力ならな」

軽い拍手で迎えると、遼真が肩を上下させた。以前健と来た時にはもっと普通に歌っていたので、場を盛り上げる意識があったのだろう。

「じゃあ次は健か？　それとも天宮《あまみや》さん？」

「俺は全員分の飲み物取って来るから、先に入れといてくれ。お前ら部屋入った瞬間からテンション上がり過ぎだ」

特に愛は最初から一曲目を決めていたように素早くマイクを掴《つか》んだ。健の想像ではあるが、初めてカラオケに来る玲奈に、ここは楽しい場所だという印象を与えようとしてくれたのではないだろうか。あやうく逆効果になりかけたが。

それに対する感謝が少し、場を落ち着けないと玲奈はもちろん健も疲れるというのが理由の大半で、ドリンク係を申し出た。

「お、サンキュ。盛り上がってる榊に付き合わないとかわいそうだったからな」

「自分も歌いたかったくせに。でも入谷《いりや》君はありがと」

そのまま二人にオーダーを聞いて最後は玲奈と思ったのだが、彼女はニコリと微笑《ほほえ》んで立ち上がる。

「私もご一緒します。健《たける》さんお一人で四人分は大変でしょうし」

トレイで運べるので問題無いと言おうとしたのだが、既に玲奈は健の隣まで来ている。

遼真と愛は顔を見合わせた後で結局玲奈にもドリンクを頼むことにしたようなので、仕方ないかと二人で部屋を出る。

「よかったのか？　別に俺一人でも運べるんだぞ」

「はい。愛さんも大崎さんも盛り上げてくださいましたけれど、あの二人の後すぐに歌うには勇気が足りませんでした」

ドアを閉めて尋ねると、玲奈は僅かに眉尻を下げてはにかむ。

「健さんはよろしかったのですか？」

「俺も大体同じだ」

「健さんもなのですね」

そう言って口元を押さえた玲奈がくすりと笑い、歩き出す。

「それに飲み物も欲しかったしな」

「そうですね……それに、私は」

「ん？」

健が隣に並ぶと、玲奈はほのかに頰を染め、恥じらうようにこちらを見上げる。

「ドリンクバーを使ってみたかったので」

「ああ……そういうことか」

「笑わないでください」

「笑ってないって」

微笑ましいとは思ったが、笑ってはいない。しかし玲奈は僅かに唇を尖《とが》らせる。

「嫌な笑い方ではありませんでしたけれど、健さんは幼い子どもを見るような目をしていました」

「……気のせいだろ」

図星なのを誤魔化そうとしてみたのだが、確信があるのか玲奈は首を振って栗色《くりいろ》の髪をさらりと揺らし、優しく微笑む。

「健さんはわかりやすいですから」

「あんま言われたこと無いんだけどな」

上機嫌不機嫌が顔に出ている自覚がある時は別だが、この程度の変化を指摘されることは無かった。

「そうなのですか？　わかりやすいと思うのですけれど」

納得のいっていない様子で首を傾《かし》げる玲奈だったが、ドリンクバーに到着したことでその疑問は置いておくことにしたようだった。

「先ほども見ましたけれど、一台でこれだけの種類に対応しているのは凄《すご》いですね」

「言われてみればそうだな」

「こちらは、ホットドリンク……スープまで飲めるのですね」

輝かせていた目を少し丸くする玲奈を見て頬が緩んだのを自覚したため、思わず頬を押さえた。しかし、間に合いはしなかった。

「健さん」

「……違うんだ」

振り返って平坦《へいたん》な声で健を呼ぶ玲奈の顔は、初めて私室を見られた時と似ているものの、印象はまるで違う。朱色に彩《いろど》られた頬からわかるように、羞恥心を誤魔化すようにわざと作った表情だ。

あの時と違って怖さは無いが、申し訳なさが強い。せっかく楽しんでいた玲奈に水を差してしまった。

「バカにしてた訳じゃなくて可愛いなって思っただけだから、気を悪くしないでくれ」

「え？」

驚いたように目を大きくした玲奈がぱちくりとまばたきをし、「もう」と健から顔を逸《そ》

らすようにドリンクバーへと向き直ってしまう。

「悪かったって」

「……怒っている訳ではありませんよ。嘘《うそ》を言っていないことはわかりましたから」

「それなら良かった」

わかりやすさがプラスの方向に働いてくれたことにほっとしていると、「健さんはズルいですね」と優しい声で言った玲奈《れいな》がまたこちらに振り返る。恥ずかしさが残っているのか、先ほどよりも顔が赤い。

「使い方を教えてください。それで許してあげます」

「あ、ああ」

少しだけいたずらっぽく微笑んだ玲奈にドキリとさせられながらも一歩近付く。

「って言ってもグラスをそこに置いてボタン押すだけだけどな。ボタン押し続けてる間ジュースが出てくるタイプだから、もういいってとこまでは指を離さないようにな」

「わかりました。こう、ですね」

グラスを指定の場所に置き、おっかなびっくりといった様子でボタンを押した玲奈は、少し腰をかがめて目線を合わせた。真剣にグラスを見つめる姿が彼女らしく微笑ましい。

「できました。健さん、どうでしょうか?」

可愛らしく崩れた表情は歳相応《としそうおう》よりも少し幼く見えるものの、両手を添えたグラスを健の前に差し出す動作は流麗で、液面に揺れは無い。

「流石《さすが》だな」

「ボタンを押しただけですよ？」

首を傾げた玲奈だが、健に褒められたこと自体は嬉《うれ》しかったのか僅かに頬を染めてはにかみを見せる。

「まあそうなんだけど……次も頼む」

「はい。お任せください」

口を衝《つ》いた言葉を誤魔化すように次のグラスを渡すと、玲奈は胸に手を当てて微笑んだ。

「お、ありがとう。天宮さん」

「どういたしまして」

部屋に戻り、健の持つトレイから玲奈が全員の席にドリンクを配る。歌っている愛《まな》は手だけでありがとうのジェスチャーを見せた。

「榊の曲もうじき終わるけど、次はどっちが歌う？」

「そうだな……じゃあ、主賓の玲奈が先で」

愛が歌っているのはバラードで、遼真《りょうま》も今回は特に手拍子もコールもしておらず落ち着いた雰囲気だ。玲奈が歌うにはもってこいだろうと思い、彼女にリモコンを手渡す。

「使い方わかるか？」

「先ほど愛さんに教えていただきましたので、大丈夫です」

いつの間にと思って、マイクを両手で持ってわざとらしいくらいに可愛く歌唱中の愛に視線を送ると、ウィンクをされた。客観的に見れば可愛いとは思うのだが、まるで感情が動かないのが不思議だ。

「うざければうざいって言っていいんだぞ。ってか言え、健」

「言わせたいだけじゃないか。俺は別にそう思わないからな」

「お前榊に甘いよな」

「そうか？」

中々いい性格をしているとは思うが、世話にもなったし、何より愛の根底には気遣いや思いやりが見える。うっすらとではあるが。

それに、本人たちは否定しているが遼真とも仲が良《よ》い上に、玲奈も愛には気を許している。今も、歌い終わった愛を拍手で迎える玲奈の表情はずいぶんとやわらかだ。

「玲奈何歌うの？」

「ええと、あ。画面に出ました」

「私これ好きー」

「でしたら良かったです」

画面に表示された曲には健も見覚えがある。少し前にヒットした映画の主題歌だ。

「天宮さんの感じだと似合いそうだな」

「そうだな」

サビの部分は盛り上がるが、全体的にはゆったりとした曲調という印象がある。確かに玲奈の雰囲気や声には合いそうだ。

「頑張ります」

愛から受け取ったマイクを両手で胸元に持ち、玲奈が少し表情を崩す。可愛《かわい》さを自ら演出していた愛とは違い、そうするのが自然であるかのように楚々《そそ》とした雰囲気だ。

示し合わせた訳ではなかったが、健が拍手をしたくなったタイミングは、遼真と愛が盛り上げるために拍手を始めたのと同じだった。

歌う前から拍手を浴びることになった玲奈は、ぱちくりとまばたきをしてから可愛らしくはにかみ、綺麗《きれい》な姿勢から流れるように一礼を見せる。

イントロが流れると、玲奈は僅かな緊張を帯びながら真剣な表情をモニターに向けたが、歌い出しが少し遅れた。しかしすぐにリカバリーを見せ、綺麗に澄んだ歌声を披露する。タイミングを間違えたことからもなんとなくわかるが、玲奈はこの曲を知っているだけで歌うことには慣れていない、むしろ初めてかもしれない。音程はしっかりとしているが、歌い方は少したどたどしい。それでも――

「綺麗な声だな」

「ああ」

ぽつりと呟《つぶや》いた遼真に同意する。

普段から澄んだ声音だと思っていたが、高く伸びやかな歌声ではその長所が更に光る。サビに入ってもそれは変わらない。本家のような力強さは無いものの、透き通るような声はずっと心地良く、聞き惚れていた健は、歌い終わりの拍手に遅れた。

ブース内での軽食を夕食代わりにして日の入り過ぎまで楽しんだ帰り道、隣を歩く玲奈が口元を押さえてけほっと小さな咳《せき》をした。

「喉大丈夫か？　今日、結構歌ったけど」

「はい。このくらいでしたら、しっかりとケアをしておけば大丈夫だと思います」

「ならいいけど。それ用に何か買って帰るか？　家の近くにドラッグストアあるから」

「一通りは揃《そろ》えてありますので事足りると思います。お気遣いありがとうございます」

目を細めた玲奈がふふっと笑い、「今日は」と言葉を続ける。

「楽しかったです。ですから、健《たける》さんはお気になさらないでください」

そう言って玲奈が少し首を傾け、「お顔に出ていますよ？」と優しく笑う。

「まあ、歌わせた側だからな」

自身の頬に触れながら、先ほどまでのことを思い出す。一番歌ったのは間違いなく愛だが、次は恐らく玲奈だ。健が何度か順番をパスしたため、彼女の回数が増えてしまった。

「確かにそうですね」

口元を押さえて笑いながらそう言い、玲奈はわざとらしく唇を尖らせる。

「私はもっと健さんの歌を聞きたかったのですけれど」

「俺の歌なんて聞いても楽しくないだろ。玲奈みたいに綺麗な声ならともかく」

「え」

「ん？」

隣を歩いていた玲奈が視界から消えたので振り返ると、二歩ほど後ろの彼女は目を丸くしていた。

「どうかしたか？」

「健さんが……いえ」

そう言って眉尻を下げた玲奈が、僅かに赤い頬を少し緩め、健の隣に並び直す。

「健さんの歌を聞いているのは楽しかったですよ」

並んで歩き出してすぐ、はにかんだ玲奈が健を見上げた。

「あの頃は聞く機会がありませんでしたから、健さんの歌声は新鮮でしたし、何よりお上手でしたから。聞き入ってしまいました」

「……そりゃどうも」

視線を逸らすと、ふふっと優しい笑い声が聞こえた。

まあ、それが順番をパスした理由の一つでもあるのだが。健が歌っている最中、玲奈はほんの少しだけ体を揺らしながら小さな手拍子を合わせ、とても楽しそうに健を見ていた。途中からは恥ずかしくて間を空けて落ち着かないと歌えたものではなかったのだ。

「こんな日があるなんて、思ってもみなかったです」

「ん？」

優しく、とても落ち着いた声音だった。思わず視線を戻すと、また立ち止まった玲奈が歩いて来た方向を振り返っていた。日の入り過ぎでも街灯と道沿いの店舗の照明で十分明るいがそれでも、楽しい時間を過ごした場所は流石にもう見えない。

「お友達と放課後、普通に出かけられることは……私には無いと思っていました」

声音は変わらない。澄んだ優しい声は静謐《せいひつ》さを湛《たた》えている。表情は見えないが、きっと淑《しと》やかな微笑《ほほえ》みを湛えている。そう思いたかった。

「……榊《さかき》さんの調子だと、これからこんな日が飽きるくらいありそうだぞ」

「飽きるほどですと困ってしまいますね。贅沢《ぜいたく》な悩みですけれど」

綺麗な後ろ姿に声をかけると、振り返った玲奈が口元を押さえてくすりと笑う。

「まあ、飽きる前に喉が壊れそうだな」

「それはもっと困ってしまいますね」

もう一度くすりと笑い、玲奈が健の隣に並ぶ。

「お待たせしました。帰りましょう」

「ああ」

そこからの帰り道、歌った曲やカラオケでの盛り上がり方など、今日のことをずっと話し続けた。玲奈は随分と饒舌《じょうぜつ》で、聞いているこちらも楽しくなった。

こんな日に飽きることは、きっと無いだろう。

◇◇◇

「健さん。明後日《あさって》ですけれど、放課後に出かけても構いませんか？」

夕食時、玲奈《れいな》が申し訳なさそうに切り出した。

「金曜日か。ああいいよ。と言うか、事前に教えてくれるだけでいい。別に俺が許可出す話じゃないし」

「ですが……」

自分で夕食を用意する必要があるので教えてほしいだけで、健は玲奈が友人と遊びに行くこと自体はむしろ賛成なのだが、当の玲奈は浮かない顔だ。

最近は過度な遠慮をすることは無くなってきたのだが、玲奈が同居している理由に健の生活面でのサポートがあるからだろうか。律儀《りちぎ》な玲奈らしいと言えばらしいのだが。

「前にも言ったけど、俺は今の生活が気にい……悪くないと思ってるからな。食事作ってくれるとか、家事やってくれるとかは抜きにしてだ。だから玲奈も自分を優先してくれ」

もちろん外食にせよ中食にせよ玲奈の作る食事には敵《かな》わないので、本音を言えば作ってもらいたい。だが、玲奈に友人付き合いを楽しんでほしいのも事実なので、健は欲望を追い出すように頭を軽く振る。

そんな健を見た玲奈は少し不思議そうに首を傾《かし》げた後、何かに気付いたように優しく口元を緩めた。

「まあとにかく。明後日はどこかで夕食買うから、気にせず楽しんでくれ」

「ありがとうございます。健さん」

そう言って玲奈は丁寧に頭を下げる。そんなことをしなくてもいいとは何度も伝えたが、これは彼女の人間性なのだろう。されると照れくさくもあるが、好ましいとも思う。

「あ。ですが健さん。一つ訂正させてください」

「何をだ？」

「そう遅くなるつもりはないのですけれど、朝の内に夕食の準備はしておきますので買っていただかなくても大丈夫ですよ」

「いやいや。大変だろうし、いいって」

ニコリと笑う玲奈にそう伝えるのだが、彼女はゆっくりと首を振り、栗色《くりいろ》の毛先をさらりと揺らす。

「大した手間にもなりませんから。作り立てでないのは申し訳ないのですけれど」

「いや、そこは全然構わないんだけど……」

大した手間にならないというのは、逆に言えば多少の手間はかかるということだ。

「私が作りたいのですよ」

「でもなあ」

気持ちはもちろん嬉《うれ》しいのだが、遊びに行くたびにそんな気遣いをさせてしまうようでは、玲奈の負担がどんどん大きくなる。

「それに」

なおも渋る健に対してくすりと笑い、玲奈がわざとらしく唇を尖《とが》らせた。

「お食事を用意しておかないと、健さんが何を食べるかわかりませんから」

「うっ……」

完全に自業自得《じごうじとく》なのだが信用が無い。しかも、カップ麺か冷凍食品で済まそうと思っていたので図星を突かれた形でもある。

「健さんが私の作る食事に飽きたとおっしゃるのでしたら――」

「そんな訳無いだろ」

「……はい。ありがとうございます」

言葉を遮られて目を丸くした玲奈だったが、それをすぐに優しく細め、口元にやわらかな弧を描く。

「こっちこそ、ありがとう。楽しんできてくれ」

「はい」

◇　◇　◇

玲奈が級友たちと外出する当日の朝、朝食の準備に加えて夕食のそれもしてくれたのだから当然だが、彼女は普段よりも少し忙《せわ》しなかった。

玲奈本人は「昨夜の内にある程度の仕込みを終わらせていますので、そう手間はかかりませんよ」と笑っていたが、実際は大変だったのではないか。

帰りのＨＲが終わって玲奈の背中を見送って家に帰ると、テーブルの上にメモが置かれているのに気付いた。料理の温め時間などが丁寧に書かれていて、自分は幼児だと思われているのかと苦笑したが、最終的にはまあ似たようなものかと納得してしまった。

メモの頭の方には、『夕食までには帰宅するつもりですが、もしも間に合わなかった場合はご参考にしてください。』と書かれていたので、玲奈としては念のためのつもりなのだろう。念には念が入っているが。

結局その言葉通り玲奈は夕食前の時間に帰宅し、普段通りの夕食となった。

今日は愛《まな》たちとカフェで過ごしたそうだ。特別なことはしなかったとのことだが、級友たちと交流を深められたことを、玲奈はとても喜んでいた。

そして翌土曜日、学校に行く日よりも遅く起きた健が朝の支度を済ませてリビングに出てくると、既に玲奈は活動を開始していた。リビングの掃除中のようだ。

「おはようございます。健さん」

「ああ、おはよう、玲奈」

「シーツのお洗濯とお布団《ふとん》を干してしまおうと思っていますので、朝食が終わりましたら持ってきていただけますか？」

「ありがとう。先に持ってくる」

「ありがとうございます。その間に朝食の準備を済ませておきますね」

と、土曜にもかかわらず至れり尽くせりだ。

この日の玲奈は諸々《もろもろ》の家事を午前中で済ませ、午後は洗濯物や布団の取り込み以外はリビングにいた健の横で勉強をしていた。

解いていた問題集は健たちの高校で使うよりもずっと上のレベルの物だったが、流石《さすが》の才女と言うべきか、玲奈は詰まる様子も見せず、綺麗《きれい》な姿勢のままでサラサラとペンを走らせていた。

「そろそろ夕食の支度をしてきます」

夕方に差し掛かる頃、そう言って立ち上がった玲奈が少しふらついた。

すぐにソファーの背もたれに手をついたおかげで転ぶことは無かったが、こんな彼女は初めて見る。

「大丈夫か!?」

「は、い。大丈夫です……ご心配をおかけしました」

玲奈はそう言って笑顔を作るものの、それが少し弱々しく、小さくではあるがもう一度たたらを踏んだ。

「大丈夫じゃないだろ。とりあえず座って。何か飲み物持ってくるけど、何がいい？」

「いえ、大丈夫ですから……」

埒《らち》が明かないので玲奈の華奢《きゃしゃ》な肩に触れてソファーに座らせる。抵抗がまるで無かったことや、力の抜けた姿勢からも体調の悪さが窺《うかが》える。

「水でいいな？」

「……はい。ありがとうございます」

諦めたように眉尻を下げて笑い、玲奈が力無く頷《うなず》く。

冷蔵庫には玲奈がミネラルウォーターを常備してくれている。それを注いだグラスを渡すと、玲奈は両手で丁寧に持って口元に運び、細い喉を動かす。

「ありがとうございます。もう大丈夫です」

「いいから動くな。とりあえず熱計ろう。体温計は……」

微笑む玲奈の顔色は悪くないし、姿勢も普段の綺麗なものに戻っている。だが、先ほどふらついたのもまた事実だ。

「白い戸棚の三段目にあります」

「……了解」

今まで健《たける》は使わなかったとはいえ、引っ越してきて三週間足らずの玲奈の方がこの家のことを把握している。

体温計を手渡すと、玲奈は襟元から服の中に手を入れていく。広がった襟ぐりから覗《のぞ》く鎖骨が目に入ってしまい、健は慌てて体ごと目を逸《そ》らす。

「平熱でした」

随分長く感じられた一分の後に鳴ったピピッという電子音を聞き、玲奈の声で振り返る。彼女が手に持った体温計の液晶には『36・0』と表示されていた。

「熱は無くても、他に何か自覚症状とかは無いか？」

「ありません。ご心配をおかけしました」

ファンタジア文庫の最新情報が満載！
ファンタジアチャンネル
FANTASIA CHANNEL
2024
4
乙女&ギャルゲー世界で、
彩禍ヒロインズを攻略せよ！
CV内田真礼
ASMRボイスドラマ同時発売！
王様のプロポーズ6
銀灰の妖精
著：橘公司　イラスト：つなこ
じつは義妹でした。7
～最近できた義理の弟の距離感がやたら近いわけ～
著：白井ムク　イラスト：千種みのり
ファンタジア文庫
毎月20日発売！
公式HP https://fantasiabunko.jp/
〒102-8177 東京都千代田区富士見2-13-3

ファンタ
灰色の一人暮らしに、
『尽くしたがりな天宮さん』が
現れて――
現実離れした美少女転校生が、
親の決めた同居相手で困る
著:水棲虫　イラスト:れーかるる
新作!
大企業の四男という"オイシイ"立場だった健は、実家の都合でお嬢様と同居することに。相手の天宮玲奈は、料理から家の掃除まで"尽くしたがり"っぷりを発揮して――じれったい2人の、青春恋愛小説。

ア文庫5月の新刊
大人気「ハイスクールD×D」シリーズ、
スクールD×D
イガール 新作
踏一榮 イラスト:みやま零
人気の文学少女が
たのは
うなさか
が逆転した異世界で、
てくる件 新作
ト:さなだケイスイ
半世紀、
き旅をします。新作
ラスト:toi8
一番の彼女 2
ミュシャ
の発売となります。
の英霊に育てられた俺が
になった件 2
スト:kodamazon
金属スライムを
倒しまくった俺が
【黒鋼の王】と呼ばれるまで 3
～仄暗き迷宮の支配者～
著:温泉カピバラ イラスト:山椒魚
貴族令嬢。俺にだけなつく 4
著:夏乃実 イラスト:GreeN
異世界でチート能力《スキル》を
手にした俺は、
現実世界をも無双する
ガールズサイド 5
～華麗なる乙女たちの冒険は世界を変えた～
著:琴平稜 原案・監修:美紅
イラスト:桑島黎音
※ラインナップは
予告なく変更になる場合がございます。
5/17 発売!!
KAWA
ファンタジア文庫公式X(Twitter) @fantasia_bunko
メディアミ
衝撃のVTuberコメディ、
TVアニメ2024年7月
放送開始!!
VTuber nandaga haishin kiriwasuretara densetsu ni natteta
VTuberなんだが
配信切り忘れたら
伝説になってた
CAST
心音淡雪:佐倉綾音 宇月聖:小林ゆう
彩ましろ:水野朔 祭屋光:Machico
柳瀬ちゃみ:菊池紗矢香
著:七斗七 イラスト:塩かずのこ
©七斗七・塩かずのこ/KADOKAWA/「ぶいでん」製作委員会
最新3巻 好評 発売中!
魔王2099
THE LORD OF IMMORTALS BLOOMING IN THE ABYSS E.E.2099
著:紫大悟 イラスト:クレタ
TVアニメ2024年秋放送決定!
CAST
ベルトール:日野聡 マキナ:伊藤美来 高橋:菱川花菜
©2023 紫大悟・クレタ/KADOKAWA/魔王2099製作委員会
公女殿下の家庭教師
Tutor of the His Imperial Highness princess
七野りく
ILLUSTRATION cura
アニメ化決定!!
「」カクヨム
ネクスト
人気作家の独占配信多数!
期間限定の90%OFFキャンペーン開催中!
イラスト:淵゛

ジア文庫4月の新刊
ノーテンキ少女は
最強の力で
学園で無双……
せずに友達作り!
ほんわか魔女を目指していたら、
史上最強の杖に選ばれました。
なんで!?
著:下等妙人 イラスト:我美蘭
新作!
「そ、そんなヤバい杖だったの、これ！」楽しい学園生活を夢見て魔女学園に入学したら、伝説の杖を抜いちゃってもう大騒ぎ。本来選ばれる筈だった女の子からすっごく睨まれて……アタシは友達欲しいだけなのに!?
世界でも
魔王に仕えたい!
新作!
魔王バルドの手に
でいった側近たち
者になっていて!?
その他今月の新
・放課後は
ケンカ最強のギャルに
連れこまれる生活 3
彼女たちに好かれて、僕も最強に!?
著:亜逸 イラスト:kakao
・週に一度クラスメイトを買う話 4
～ふたりの時間、言い訳の五千円～
著:羽田宇佐 イラスト:U35
・双星の天剣使い 5
著:七野りく イラスト:cura
※ラインナップは予告なく変更になる場合がございます。
・じ
～最
距離
著:白井
・Only
-オンリー
著:アロハ座
イラスト:mmu
ファンタジ
新作外伝、
始動!
ジュニアハ
転校生はサムラ
著:東雲立風 原案・監修:石
※実際のイラストとは異なります
すまん! クラスで
スカートを短くし
オレのせいだ 新作
著:井森奇恋 イラスト:
男女の力と貞操
誰もが俺を求め
著:タジリユウ イラス
魔王討伐から
今度は名もな
著:じゃがバター
二番目な僕と
著:和尚 イラスト
※電子書籍限定で
美少女揃いの
人類の切り
著:諸星悠 イラ
KADO

ニコリと笑った玲奈が姿勢を正して頭を下げ、眉尻を下げた。

「少し、疲れがあったのかもしれません」

疲れて当然だ。二人暮らしの家事をほぼ一人で完璧にこなし、学業にも力を抜かない。しかも環境が変わって気疲れもあった中で、様々なことで健に気を遣いながらだ。

「自分の体調を省みなかった私の落ち度です。ご心配をおかけしました」

「いや……全然違うだろ」

その落ち度は健のもので、玲奈が反省する必要など皆無だ。握った拳に爪が食い込む。

「健さん？」

気遣わしげな視線と声で我に返り、「いや」と軽く首を振る。

「とにかく。今日は休んでくれ。夕食とかはこっちで何とかするから。部屋まで歩けるか？　何だったら抱えてくけど」

「あの、歩けます。重いですから、抱えようとしないでください」

「絶対軽いだろ……」

体のラインが出る服を着ないので正確なところはわからないが、顔、首、手指、制服のスカートから見える足など、どこを見ても重い要素は無いのだが、玲奈は譲らない。

「重いのです」

顔を赤くした玲奈《れいな》が手のひらを前に突き出して断固拒否の姿勢を示す。恨めしげな視線を健に送る姿は、この状況で申し訳ないが可愛《かわい》らしい。

「いや、まあ。じゃあとにかく、部屋で休んでくれ」

「はい。わかりました」

「今日はずっとスマホ持ってるから、何か必要なことがあれば遠慮せずに呼んでくれよ」

「はい。ありがとうございます」

「よし。じゃあ、部屋まで送るから」

「心配しすぎですよ」

微笑《ほほえ》んでいた玲奈が眉尻を下げ、口元を押さえてくすりと笑った。

「ですがせっかくですので、お言葉に甘えます」

「ああ。じゃあ、ほら」

「はい」

差し出した手を取った玲奈を立ち上がらせ、そのまま彼女の私室まで伴って歩く。繊細な玲奈の手指には、あまり力が入っていない。歩く速さもゆっくりだ。

「動いたけど体調悪くなってないか?」

「……あ、はい。大丈夫です」

どこかぽーっとしたように反応の遅れた玲奈が少し心配ではあったが、もう休んでもらうしかない。

「ゆっくり休んでくれよ」

「はい。ありがとうございました」

玲奈は綺麗に腰を折り、そのまま自室へと消えていく。先ほどの力の抜けたような姿を思えば復調はしているのだろう。あとは悪化しないことを祈るだけだ。

「さて」

『起きてるか？』

『はい』

部屋に送り届けてから少しして玲奈にメッセージを送ると、数分で返答があった。それを受けてドアをノックする。

「入っても大丈夫か？」

「少しお待ちください………どうぞ」

ドア越しの声は小さいが、体調が悪いようには聞こえなくて一安心だ。

「休んでるとこ悪い――」

そっとドアを開けると、ほのかな柑橘《かんきつ》の香りが広がった。玲奈本人のものよりは爽やかさが少し強いだろうか。

「どうかされましたか?」

ドアを開ききると、正面に玲奈が立っていた。カーディガンを羽織った白いパジャマ姿で、普段ハーフアップにしている髪を全て下ろした、初めて見る玲奈が。

ギャップとは違うのだが、一緒に暮らしていながら今まで見ていなかった姿には不思議な気持ちを覚える。少し体調が悪かったことを思えば、どこか儚《はかな》い美少女といった印象も受けてしまうせいだろうか。

玲奈は健の視線を受けて自身を見下ろし、頬を染めた。

「……こんな格好ですみません」

カーディガンを軽く手で引っ張り前を隠そうとした玲奈は、諦めたのかそっと前髪に触れながら可愛らしいはにかみを浮かべた。

「……いや、こっちこそ悪い。休んでる時に」

ベッド上の布団の端が少し乱れていて、玲奈が今まで横になっていたことがわかる。

そのまま部屋の様子を窺ってみるが、健が想像する所謂《いわゆる》女の子の部屋のようなピンクといった印象は受けない。黒褐色を基調とした木製家具が多く、ぬいぐるみなども無くアンティークでシンプルな部屋だ。唯一鏡台があるのが女性の部屋とわかるポイントだろうか。

「散らかっているのであまり見ないでください」

「わ、悪い」

赤い困り顔を見せる玲奈に頭を下げる。これで散らかっているのなら健の部屋などいまだゴミ屋敷《やしき》だとは思うが、異性の部屋をまじまじと見てしまったのは流石に失礼だろう。

「ええと、スポーツドリンクとかゼリー買って来たんだけど、要るか？」

「私に、ですか？」

「そりゃそうだろ」

目を丸くした玲奈に、コンビニの袋を差し出して中身を見せる。ペットボトルが二本と、ゼリーとプリンとヨーグルト合わせて六個。

欲しい物を聞いてから買いに出ようかとも思ったが、玲奈は絶対に遠慮するという確信があったのでとりあえずたくさん買ってきた。

「玲奈を置いて家を出たのは悪かったけど、往復五分くらいだから許してくれ」

「いえ、それは全く気にしていないのですけれど……わざわざ私のために……」

「俺の夕食も買ってるから、ってかそっちがメイン」

「健さん……ありがとうございます」

眉尻を下げたままの玲奈だが、そう言って目を細めて口元を緩める。

「ほら。どれにする？」

「ええと、ひとまずスポーツドリンクを頂いてもよろしいですか？　他の物はまた後ほど頂きますので」

「了解。じゃあ、残りは冷蔵庫に入れとくから、欲しくなったら呼んでくれ。邪魔して悪かったな」

「あ……健さん」

背中を向けた健の服の裾を、玲奈が摘まんだ。

振り返ると、頬の色付きを濃くした玲奈が僅かに目を潤ませ、健を見上げている。かすかに感じる儚げな様子も相まって、心臓がドクンと跳ねる。

「何か、あるか？」

「すみません……グラスを一つ、用意していただけませんか？」

「あー……気が利《き》かなくてすまん」

「いえ、こちらこそ……健さんは気を遣ってくださったのに、わがままを言いまして」

そう言ってまたも玲奈は恐縮したような表情になってしまう。

健が気を遣えていれば、玲奈がそんなことを口にする必要は無かったというのに。

「いいんだよ。病人なんだから」

「平熱でしたし、病人ではありませんよ？」

そう言って玲奈が小首を傾《かし》げる。

「病人みたいなもんだろ。ほら、ベッドで寝てろって。早くしないと抱えて運ぶぞ」

「あ。いくら健さんでも、それは許しませんからね」

わざとらしく唇を尖《とが》らせた玲奈が守るように自分の細い体を抱く。これでいい。こんな時まで気を遣わないでほしい。

「もう」

小さく息を吐いて優しく表情を崩し、玲奈は仕方ありませんと言いたげにふふっと笑う。

「今日だけは、甘えさせてください」

「ああ、任せとけ」

親指を立てて応じ、くすりと笑った玲奈に背を向けてキッチンへ。グラス一つとお盆を持って彼女の部屋へ戻ると、主は既にベッドの上にいた。上半身は起こしているが、淑《しと》やかで物静かな玲奈の様子も相まって、本当に美しく儚い病床の少女に見える。

「ありがとうございます」

「どういたしまして。じゃあゆっくり……あ。夕食はお粥《かゆ》作るから」

「いえ、私が何か作りま――」

「病人。甘えるんだろ?」

慌ててベッドから起き上がろうとする玲奈を手のひらで制すと、彼女は「あ」と目を丸くした後で眉尻を下げて笑う。

「……そうでしたね。では、お願いします」

「ああ。じゃあ、何度も悪かったな。ゆっくり休んでくれ」

「健《たける》さんのお顔を見られる方が元気になる気がしますので、お気になさらず」

それはダメな息子のために私が頑張らねばといった状態なのではないだろうか。玲奈の現状を考えればまさにその通りな状況に健は苦笑するしかなく、部屋を出る前の挨拶は軽く手を振るだけで済ませる。

ベッド上の玲奈は上半身だけ起こした体勢はそのままに、丁寧なお辞儀を見せた。表情はやわらかで、儚げな印象は薄くなっていた。


『起きてるか?』

『はい』

先ほどと同じやり取りをしてから玲奈の部屋のドアをノックし、「どうぞ」の許可を貰《もら》って中へ。

「休めてるか？」

「はい。おかげさまで。もう体調は万全ですよ」

ベッドの上の玲奈はそう言ってニコリと笑う。

ベッドサイドには先ほどまで無かった文庫本が置いてあり、パジャマの上にはカーディガンを羽織ったまま。休んでほしいとは思うが、逆に言えば眠れるほどの疲労が溜《た》まっていた訳ではないということだろうか。

「それでも、念のため今日一日は休んでくれ」

「はい。お言葉に甘えさせていただきます」

家事をするとなれば無茶もするだろうが、部屋にいればとりあえず大丈夫だろう。

「そろそろ夕食どうだ？」

「そうですね。ではいただきます」

「持って来ようか？」

「ありがとうございます。ですが、ダイニングまで伺います」

「了解。起き上がれるか？」

一歩ベッドに近付くと、玲奈は口元を押さえてくすりと笑い、「大丈夫ですよ」と首を僅かに傾けてから起き上がり、布団《ふとん》を綺麗《きれい》に整える。性格がよく出ているなと感心する。

「健さんは心配性ですね」

「……そういう訳じゃないんだけど」

ニコリと笑う玲奈《れいな》にばつが悪くなり、歩けるかどうかの質問はできず、「じゃあ行くぞ」とだけ声をかける。

「あ。健さん」

そのまま部屋を出ようとすると呼び止められた。振り返ると、玲奈が引き留めるように手を伸ばしている。

健と視線が絡《から》まった玲奈は自分の行動に驚いたかのように目を丸くし、慌てて引っ込めた手で前髪に触れながらはにかみを浮かべた。

「……あ、いえ」

「顔、ちょっと赤いけど。熱とか大丈夫そうか？　もう一回計るか？」

「大丈夫です。お引き留めしてすみません。さあ、行きましょう」

「ん？　ああ、そうだな」

様子が気にはなったが、健よりも先にドアをくぐった玲奈の歩き方は普段通り。洗練された綺麗なもの。体調はいまのところ問題無いのだろうと、健は彼女の後を追う。

「卵粥《がゆ》と梅粥どっちがいい？」

玲奈をテーブルに座らせ、少し気まずい思いで二つの商品を目の前に置くと、彼女は小さく「え？」と声を漏らした。

「コンビニので悪いんだけど……俺が作ったのは失敗したから」

「失敗、ですか？」

キッチンに置いたままの土鍋に目をやると、玲奈も首を傾げながら健の視線を追う。

「ああ。だいぶ固かった」

情けないことに、健はお粥すらまともに作れなかった。卵粥を作ったのはいいが、あれではちょっと水分の多いご飯と大差無い。

しかも、その後で炊飯器の機能でお粥を作れることを知った。リトライの時間が足りなかったのでしなかったが、最初から炊飯器を使えばこんな失敗を犯さなかったし、玲奈にもちゃんとしたものを食べさせられたはずなのに。

「まあとにかく、どっちにする？」

「健さんが作ってくださったお粥をいただきたいです」

右と左どちらにするかを尋ねたのに、優しく微笑《ほほえ》んだ玲奈は第三の選択を口にする。

「聞いてたか？　失敗したんだぞ」

「聞いていましたよ。固かったのですよね」

「ああ」

「でしたら問題ありません。私は胃腸が弱っている訳ではありませんから、元々お粥である必要は無かったのです」

「あ……」

ニコリと笑う玲奈だが、健はそんなことにも気を回せなかった。体調が悪いのだからとりあえずお粥という短絡的な思考しかしなかった。

「それでも、健さんが作ってくださるということでしたから、お粥を楽しみにしていたのですよ？　少し固いくらいで取り上げないでください」

「……まずくても文句言うなよ」

わざとらしく唇を尖らせた玲奈に軽口で返すと、「言うはずがありませんよ」と彼女は破顔する。

「あ。玲奈なら手を加えていい感じにできるやり方知ってるんじゃないか？」

「知りません」

「嘘《うそ》つけ。今のはわかるぞ」

すまし顔でそっぽを向いた玲奈は、知らないではなく教えないと言っているようだ。

「教えません」

実際に言った。

「だって。教えてしまったら、せっかく健さんが私のために作ってくださったお料理に手を加えてしまうことになりますから」

こちらに向き直った玲奈が優しく目を細め、「だから、知りません」と微笑む。

「……温めるからちょっと待っててくれ」

「はい」

顔を逸《そ》らした勢いのまま背を向けて、土鍋をコンロにかける。まだ温かいのでそれほど時間はかからないだろうが、それまでに自分が落ち着けるのかが懸念《けねん》点だった。

「お待たせ」

「ありがとうございます」

土鍋と取り皿とレンゲ、飲み物を用意し、玲奈の席に置く。

因《ちな》みに、どこに何があるかは玲奈にスポーツドリンクを届けた後で探した。彼女が引っ越して来る前と比べてかなり物が増えていたが、しっかりと整理整頓がされていて、空っぽの収納よりもよほど美しいと思えた。しかも使いやすさへの配慮もしっかりなされているのか、健のようなズブの素人《しろうと》でさえも動きやすかった。

「いただきます」

「……どうぞ」

軽い礼をした玲奈が土鍋から取り皿に粥を移し、レンゲですくってふーっと息を吹きかける。普段と髪型が違うせいで頬にかかる髪を耳にかける仕草と相まって、少し艶《なま》めかしいと思えた。

「健さん。そう見られると恥ずかしいです」

玲奈が眉尻を下げてくすりと笑うので、「悪い」と健は慌てて視線を逸らす。

「でも、わかります。自分の作った料理を誰かに食べてもらう時は、いつでも不安になりますから」

「玲奈くらいの腕があってもか？」

「はい」

本当に意外なのだが、玲奈は恥ずかしそうに笑いながらもしっかりと頷《うなず》いた。

「自信はもちろんあります。ですけど、絶対というものは難しいですから」

「そういうものか」

「はい。ですが」

　そこで言葉を切った玲奈が、レンゲを口元へと運ぶ。

「美味《おい》しいですよ。お世辞ではなく、本当に」

　健の作った粥《かゆ》を嚥下《えんげ》し、玲奈が顔を綻ばせる。

「本当か？」

　玲奈の表情から嘘ではないとわかるのだが、ついつい尋ねてしまう。

「本当ですよ。卵はしっかりと溶いてありますし、塩加減もちょうど良《よ》いです。健さんが丁寧に作ってくださったことがよくわかります」

「だけど固いだろ？」

「確かにお粥としては少し固いですけれど、火加減や水加減はある程度の経験が必要ですし、今の私にはこのくらいがちょうど良いです」

「そうか……なら結果オーライってことにしとく」

「はい、そうしてください」

　優しく微笑んだ玲奈は二口目を運ぶ。そしてまた、やわらかな表情を見せる。

　多少気を遣ってくれた面もあるのだろうが、ひとまず良かったと胸を撫《な》でおろす。

「健さん」

「ん？」

気付けば玲奈がほのかに頬を染め、健《たける》に上目遣いの視線を送っていた。また何か不足があったのだろうかと思ったのだが――

「食べすぎてはしたないと思わないでくださいね？」

「え？」

「ですから……完食してしまっても、そう思わないでください」

琥珀《こはく》の瞳を潤ませる玲奈が何を言っているか、少し遅れて理解し、健は思わずぷっと噴き出した。

「笑わないでください」

「いや悪い。だけどそんなことか」

「大事なことなのですよ？」

照れて頬を染めた玲奈が恨めしげに、それでいて可愛《かわい》らしくこちらを見るので、健は肩を竦《すく》めて首を振る。

「思わないから、たくさん食べて、元気になってくれ」

「はい。ありがとうございます」

恥じらいに染まった顔に満面の笑みを浮かべる玲奈に、こっちこそと心の中で返す。最高の誉《ほ》め言葉を貰《もら》ったようなものなのだから。

「ごちそうさまでした」

「お粗末さまでした」

宣言通りしっかりと完食してくれた玲奈が丁寧に頭を下げる。

「とても美味しかったです」

「そりゃどうも」

反省点は多数あるが、玲奈が笑ってくれているのだからひとまずは置いておこう。

「鍋と食器は片付けるけど、ゼリーとかどうする？」

「あ」

すっかり忘れていたというように目を丸くした玲奈が、ほっそりとしたお腹《なか》回りに軽く触れながら悩む様子を見せた。

「せっかく買ってきていただいたのですけれど、明日にしても構いませんか？」

「ああ。別にいつでもいいよ」

甘いものは別腹といかなかったようだ。

「じゃあ俺は食洗機かけとくから、落ち着いたら部屋に戻っててくれ」

「はい」

その言葉とともに席を立った玲奈《れいな》を見送り、健は食洗機をセットして普段玲奈がやっているのを真似《まね》て丁寧にテーブルを拭く。健一人ならば、さっと済ませる程度だ。玲奈はこうやって、小さなことでも手を抜かない。

今日健が作ったのは粥一品で、しかも失敗した。支度も片付けも、普段玲奈がやっていることの労力と比べたら何分の一だろうか。玲奈はそれを朝夕分、そしてその他の家事、勉学なども完璧にこなしている。疲れて当然だ。

誰のせいでそうなっているかと言えば、原因は一人しかいない。

まったく情けない——

「健さん」

「わ……部屋に戻ったんじゃなかったのか？」

一度は離れた玲奈がいつの間にか立っていた。惚《ほ》れ惚《ぼ》れするくらい綺麗《きれい》な立ち姿の彼女は、健が驚いたからか淑《しと》やかに微笑みながらも少しだけ眉尻を下げていた。

「驚かせてしまってすみません。歯を磨いてきました」

「なるほど。だけど、だったらそのまま部屋で休んでくれていいんだぞ。こっちのことは気にしなくていい」

「健さんに今日のお礼を言っていませんでしたから」

「……礼ならたくさんしてもらったし、そもそも言われるようなことなんてしてない」

今日ほど強くこう思ったことはない。それなのに、玲奈は優しく笑って首を振る。白いパジャマの胸元で、普段より少し量の多い栗色《くりいろ》の髪が左右に揺れた。

「とにかく。部屋まで送るから、今日は休んでくれ」

次の言葉を聞きたくなくて、健は玲奈の肩に触れて帰室を促す。彼女は全く抵抗することなく歩き、すぐに部屋の前まで辿《たど》り着いた。

「じゃあ――」

「少し、お話に付き合ってくださいませんか?」

踵《きびす》を返そうとした健の裾を摘まみ、玲奈がしなを作るように首を傾けながら微笑《ほほえ》む。

「食後すぐに横になるのも良くありませんから」

「まあ……そういうことなら」

普段よりも少し強引な玲奈に誘われ、健はまた彼女の部屋の中へ。

「とりあえず、いつでも寝られるようにベッドに入ってくれ」

「仕方ありませんね。抱えられては困りますから、素直に従います」

意外と根に持つのか、玲奈が少し眉尻を下げながらも楽しそうにくすりと笑い、カーディガンをハンガーにかけてからベッドに入り、上半身だけ起き上がった姿勢をとる。

「健さんはその椅子をお使いください」

「ああ」

机の前にある椅子を借り、玲奈のベッドの横まで運んで腰を下ろす。黒革の椅子は質がいいのだろう、随分と座り心地が良い。

目を合わせると、少し恥ずかしそうに眉尻を下げた玲奈が前髪を整えるようにそっと触れた。

「健さん。今日はありがとうございました」

「別に、大したことじゃない」

本当にそうなのだ。普段玲奈がしてくれていることと比べたら、こんな程度で礼を言わせることとさえ申し訳がない。

「私は嬉《うれ》しいのですから」

いつかと同じ言葉を口にし、玲奈が優しく微笑む。対して、健は背筋から力が抜けていくのを感じた。

「だけど……俺は全然何もできなかった」

全てを玲奈に任せきりにした挙句、疲労が溜《た》まっていることにも気付けず。グラスを用意する程度の気遣いもできず、粥すらまともに作れない。こんなに自分を情けないと思ったのは久しぶりだ。

「そんなことはありませんよ。今日、私は幸せでした」

顔を上げると、玲奈は笑っていた。やわらかで、温かな、愛おしむような微笑みだ。

「ご心配をおかけしてしまいましたので、そこは本当に申し訳なかったのですけれど、健さんが色々気遣ってくださって。不謹慎ですけれど、体調を崩して良かったとさえ思ってしまいました」

少し困ったように笑い、玲奈は「すみません」と軽く頭を下げる。

「いや……気にしなくていい」

「ありがとうございます」

もう一度頭を下げ、玲奈がふふっと笑う。

「体調を気遣ってすぐに休むよう言ってくださったことも、手を握って部屋まで連れてきていただいたことも。私のために買い物に出てくださったことも、お粥を作ってくださったことも。こうやってお話に付き合ってくださっていることも、どれも本当に嬉しいです」

「全然大したことじゃない」

「私にとってはそうではなかったのですから」

どれも当たり前のことだ。同居人が体調を崩したのなら、誰だってこのくらいはする。それなのに、まるで特別なことかのように玲奈は喜ぶ。

「それに、体調を崩したからこそ気付けたことがあるのです」

「……何だ?」

「健さんが私を気遣ってくださっていることは嬉しかったのですけれど、あまりに気遣われ過ぎると、半面少し心苦しいのですね」

「……すまん」

不慣れな健のせいで、玲奈はあまり気が休まらなかったのだろうか。

苦笑の玲奈に頭を下げると、彼女はくすりと笑う。

「すみません。誤解させてしまいましたね。責めている訳ではなく、それに気付けたことが嬉しかったのです」

「どういうことだ?」

苦笑して軽く頭を下げた玲奈が頬を緩めた理由がわからず、健は首を傾《かし》げる。

「健さんは、今日もそうでしたけれど、普段から私へのお気遣いに別の理由をつけていらっしゃいますよね。私が気にし過ぎないようにという健さんの優しさだということはわかっていたつもりでしたけれど、今日、そのことが本当の意味でわかったのです」

「……別に、そういうつもりじゃ」

「今の言葉もそうですね」

優しく表情を崩した玲奈が、口元を押さえた。口を噤《つぐ》むしかない健を見て、玲奈はもう一度くすりと笑う。

「ですので、私は今日、本当に幸せでした。健さんも気に病まないでください」

慈《いつく》しむような微笑みが健の心を晴らしていく。恐らくだが、健の様子に気付いてこの時間を作ってくれたのだろう。

「ああ……ありがとう」

情けなく思う気持ちはまだ残っているが、自分自身への苛立《いらだ》ちが薄らいでいく。

自然と口から出た「ありがとう」は、玲奈の言う嬉しい気持ちを伝えるありがとうなのだと、自分でもよくわかった。

玲奈は目を細めてからふふっと笑い、優しい声を出した。

「それから健さん」

「ん？」

「背筋が曲がっていますよ。最近の健さんは格好良かったのですから、もったいないです」

「……これでいいか？」

「はい。とても素敵です」

情けない気持ちは残っているが、こうやって健《たける》を褒めて認めてくれる玲奈に、情けない姿を見せるのはやめよう。そう思った。

背筋を伸ばし、ふうと息を吐いて玲奈と視線を合わせると、彼女は満足げに微笑んだ。

「俺も今日、気付けたことがある」

「それは何でしょうか？」

「まあ似たような感じだけど、玲奈が普段からどれだけのことをしてくれてるのか、見えないところでもどれだけ気を配ってくれているのか。それを少しだけど実感した。今日まで本当にありがとう。それから本当にごめん」

両膝に手を置き、深く頭を下げる。いや、自然と下がった。

「頭を上げてください、健さん。私はしたくてしていることですから」

「それでも、俺がありがたいと思ったことと申し訳ないと思ったことは事実なんだから、言わせてくれ」

「……そう言われてしまうと、困ってしまいますね」

自分の言葉を返されたからか、玲奈が苦笑を浮かべる。

「これからは玲奈だけに負担がかからないように俺も色々やるから。最初は上手《うま》くできないと思うけど……」

「いえ。それでは私が同居する意味が無くなってしまいますから――」

「意味はある」

「え？」

「玲奈がいてくれるだけでいい」

表情を曇らせた玲奈の言葉を遮ると、元々大きな彼女の目が更に大きく丸くなる。

「何度か言ってるけど、俺は今の生活が悪くない……いや、楽しいと思ってる。だから、玲奈がいてくれるだけでいい」

玲奈の表情は変わらず、まんまるな琥珀《こはく》の瞳がじっと健を見つめている。反応が無いおかげか、結構恥ずかしいことを言ったのではないかと健は少し冷静さを取り戻す。

「いや、ちょっと言い過ぎた。玲奈が作ってくれる食事が日々の楽しみになってるのは間違いないから、そこは割と譲れないかもしれない」

それに、粥《かゆ》すらまともに作れなかった健が代わりに食事を作ったところで、玲奈の生活の質を下げるだろう。そうなると負担を減らす方向は掃除だろうか。たまの外食などもありなのだろうか。そんな考えを巡らせてしまう。

そうしている間に玲奈《れいな》がぱちくりとまばたきを一度、そしてもう一度。艶のある長いまつ毛が僅かに揺れた。

「そんなに驚くようなことか？」

言葉を返してもらえないことで恥ずかしさが増していき、耐えきれなくなった健が尋ねると、玲奈が少し眉尻を下げる。

「……そんなことを言われたのは、初めてですから」

苦笑いと言うよりは、少し寂しげに玲奈が笑う。

「そりゃそうだろ。今まで同居の経験とか無ければこんなこと言われないんだから」

「確かにそうなのですけれど、そういうことではなく」

今度はただの苦笑だ。玲奈がおかしそうに口元を押さえる。

「私自身にそんな価値があるのだと、思ったことが無かったので」

「どういうことだ？」

健からすれば玲奈は価値の塊にしか見えない。才色兼備という言葉ではとても足りないくらいだと思っているのに。

「玲奈は何だってできるし、それに価値ありまくりだから男子が鬱陶しいくらい寄って来てるんじゃないか？」

「それは容姿に対してだけの評価でしょうから。私でなくともよいのだと思います」

言われてみれば確かにそうかもしれない。彼らが求めているのは美少女転校生の部分であって、玲奈の中身ではない。ただ——

「容姿だってちゃんと磨かなきゃ腐るんだし、立派な価値だと思うけどな。それに玲奈が綺麗《きれい》なのは単純に見た目だけじゃないだろ？」

「え？」

「姿勢もそうだけど動作とかちょっとした仕草も本当に綺麗だし、そういう、努力して身につけた部分の綺麗さもちゃんとあると思うぞ。俺が背筋伸ばそうと思ったのだって、玲奈の真似《まね》みたいなもんだし。そういうところは自信持っていいんじゃないか？」

健が視線を奪われるのはそういった部分が多いし、それがあるからこそ玲奈の歳《とし》相応の面がより可愛《かわい》らしく見えるのだとも思う。無価値だなどということはあるはずがない。

「た、健さん？」

「ん？」

慌てたような玲奈をよく見てみると、顔が随分と赤い。

「大丈夫か？　熱出たか？」

「あ、いえ。大丈夫です……健さんがおかしなことを言うからです」

自らの頰にそっと指先で触れ、玲奈が唇を尖《とが》らせる。白い指先との対比で、彼女の頰が平常時とどのくらい違うのかがよくわかる。

「おかしなことなんて言ったか？　本当のことしか言ってないと思うけど」

どこがおかしかったのか考えてみるも、思い当たらない。

玲奈が教えてくれるだろうかと思って見ていたが、健の視線を受けて何か言おうとしたのか口を開いた彼女は、結局唇を少し動かしただけだった。

送られた上目遣いの視線には少し熱がこもっているようで、自分の顔にも熱がこもりそうだと思えた。

「ええと……もしかしてもう眠いのか？」

「あ……そうですね」

誤魔化すように尋ねるとちょうど図星だったのか、はっとしたように目を丸くした玲奈がこくりと頷《うなず》く。

「眠ってしまう前にお風呂《ふろ》を済ませてきます。お呼びした身で申し訳ないのですけれど」

「いや、気にしないでくれ。こっちこそ話に付き合ってくれてありがとうな」

「付き合っていただいたのは私の方ですよ？」

口元を押さえてくすりと笑った玲奈が優しく目を細めるので「そうだったな」と返すと、

彼女は「ええ」ともう一度おかしそうに笑う。

「まあでも、ありがとう」

「こちらこそです。ありがとうございました、健さん」

互いに同じタイミングで軽く頭を下げ合い、顔を見合わせて笑う。健の方はくすぐったさを誤魔化すようにだったが、玲奈はどうなのだろう。

「じゃあ、何かあったら遠慮なく呼んでくれ。おやすみ」

「はい。おやすみなさい、健さん」

玲奈の部屋を後にし、ゆっくりとドアを閉める。

ニヤケてしまいそうになるのを軽く舌を噛《か》んで堪《こら》える。

玲奈に言ってもらったことは嬉《うれ》しかった。ただ、彼女に負担をかけてあまつさえそれに気付けなかったことは大いに反省すべき点だ。

ネガティブに沈んでしまわないよう、それでいてけっして忘れないよう。健は意識して背筋を伸ばした。

◇　◇　◇

翌日、平日よりも少し早い時間に目を覚ました健がリビングまで出てくると、玲奈が朝食の支度をしていた。

「おはよう、玲奈」

「あっ……おはようございます。健さん」

後ろから声をかけたせいか、玲奈は随分と驚いたようにその華奢《きゃしゃ》な肩を震わせ、ゆっくりと振り返った。それが恥ずかしかったのか、少し照れたような表情をしている。

「今日はお早いですね」

「こっちのセリフだよ」

そう返すと、玲奈は頭の上に疑問符を浮かべるかのように首を傾《かし》げた。

「疲れてるんだからゆっくり休まないとダメだろ」

「大丈夫ですよ。睡眠はたくさんとりましたから」

少し眉尻を下げてくすりと笑ってそう言ってから、玲奈は小声で「健さんのおかげで」と付け加えた。何故《なぜ》かどこか拗《す》ねたような表情で。

「だけどな……」

そうは言っても昨日の今日な訳で、明日月曜の登校まではもう少し休んでほしいところなのだが――

「健さんは心配性ですね」

目を細めた玲奈が優しい口調でそう言ってからふふっと笑い、ほのかに頬を染めた。

「私の料理に飽きることはない、毎日食べたいと言ってくださいましたよね？」

「あ、ああ……」

どちらも覚えはあるが、少しニュアンスが違う気がする。しかし玲奈が随分と嬉しそうに顔を綻ばせたので、そういうことにしておこうと素直に頷いておく。

「それに。このくらいはしないと、張り合いが無くなって逆に悪化してしまいそうです」

「まあ、そういうことなら。ちょっとでも体調悪いなって思ったらすぐに言ってくれよ。あと何か手伝うことあるか？」

「ありがとうございます。ですがもうあと少しですから、健さんは待っていてください」

「了解」

促されて席についたものの、手持ち無沙汰だ。手伝いはしなくていいと言われたし、よくよく考えれば健が手伝っても邪魔なだけだろうからすることが無い。

（玲奈がどんな感じで動いてるか見てるか）

見て盗むとまではいかなくとも、多少の参考にはなるだろう……というのは思い上がりだとすぐに気付いた。流石《さすが》に手元が見えないほど速いということはないが、洗練された動きでいくつもの作業を並行している玲奈を見ても、今何をしているか全くわからない。

小学校の算数で躓《つまず》いた人間が高校数学を解こうとしているようなものだと理解し、ひとまず諦めた健《たける》は、純粋にエプロン姿の玲奈を見ていることにした。

普段淑《しと》やかに笑っている玲奈は真剣な表情をしており、プロではないもののこれが料理人の顔なのだろうと思えた。そしてやはり、それがとても綺麗だとも。

いつまでも見ていられる。そう思っていたのだから当然だが、ずっと見ていれば向こうがこちらを見たタイミングで目が合う。今のように。

「た、健さん」

「ん？」

ちょうどいち段落ついたのか、一旦手を止めた玲奈が目を丸くして、少しの間全身を全く動かさなかった。

「……ずっと、見ていたのですか？」

「ああ。凄《すご》いなって思って見てた」

「だ、ダメです」

「何がだ？」

一瞬で頬を朱に染めた玲奈が首を振る。いつものように緩やかにではないせいで、纏《まと》められた髪でも大きく揺れる。

「見られていると落ち着きませんから、ソファーにいてください」

「……まあ、いいけど」

「できましたらお呼びしますから」

釈然としないものは感じたが、慌てた様子ではあるものの楚々《そそ》とした雰囲気の崩れない玲奈がやはり綺麗だったので、まあいいかと健は素直に従うことにする。

結局移動後数分で玲奈に呼ばれて食卓に着くことになり、このくらいならあのままでも良かったではないかと思いはしたが、これもまあいいかと思えた。目の前に用意された玲奈の料理が頭を占めているのだから。

「いただきます」と二人で言葉を重ねて始めた食事の最中、時折玲奈と目が合った。そのたびに彼女の方は顔を逸《そ》らすのだが、視線を感じると落ち着かないという言葉は確かだったようだ。

ちらりとこちらを窺《うかが》う玲奈の様子が可愛らしいこともあってか、朝から少しだけ心拍数が上がったような気がしている。

「今日は何か済ませることとかあるのか？」

「ほとんどは昨日済ませてしまいましたので、洗濯と水回りの清掃くらいでしょうか」

「じゃあそれは俺がやるから、ゆっくりしててくれ」

キッチンは使わなかったのでほぼ掃除もしていなかったが、他は同居前の健でもやっていたことだ。あの頃よりもしっかりすべきだとは思うが、やれないことはない……はずだ。

「ですが……」

「いいからいいから」

「いえ……」

昨日のことがあったので任せてほしいのだが、やはり玲奈《れいな》は遠慮をして——

「下着類がありますので……洗濯だけは私に任せてください」

「……本当にごめん」

顔を赤くしてとても言いづらそうにする玲奈に、勢いよく頭を下げるしかなかった。多分、健の顔も似たような色をしているだろう。

朝食を終えてすぐに活動を開始し、掃除を済ませた。今までの倍以上時間をかけたおかげか、洗濯物を干し終わった玲奈からも合格が貰《もら》えた。

その後健は普段通りリビングで過ごしていたのだが、一度部屋に戻った玲奈がやって来た。手には文庫本が一冊。記憶が確かならば昨日玲奈が読んでいた物だ。

「失礼します」

「ああ」

以前のように許可は取らなくなったが、隣に座る時にはこうやって声がかかる。健が返事をし、玲奈が腰を下ろす。そのはずなのだが、今日の彼女は中々隣に座ろうとしない。

「どうかしたか？」

「い、いえ」

顔を上げて尋ねると、玲奈は眉尻を下げてはにかみ、ようやく腰を下ろした。ソファーのだいぶ端の方に。今までと比べると、健との距離は倍近い。

「……落ちないか？」

「……大丈夫です」

「そうか」

別に玲奈がどこに座ろうと自由なのだが、普段と違うとどうにも気になって落ち着かない。彼女の方も同じなのか、開いた本のページがあまり進んでいない。ただ、そんな状況でもやはり姿勢や所作の美しさは健在で、流石だと思ってしまう。

結局この日の玲奈はずっとそんな調子で、リビングで健と一緒に過ごしながらも何故か普段より距離が遠いといった状態だった。

◇◇◇

普段より少し温度の低いシャワーを浴びながら、玲奈はため息をつく。

同居人である健と顔を合わせづらい。

原因が昨夜にあることは十分わかっている。そのせいでだいぶ早い時間に床に就いたのに、しばらく眠れなかったのだから。

『玲奈がいてくれるだけでいい』

『綺麗《きれい》だ』

思い出すだけで胸が高鳴り、顔が熱くなる。

今まで言われたことの無い前者はともかく、言われ慣れているはずの後者でさえ、こうも玲奈の心を乱す。

これまでの自分が身につけてきた全てを認めてもらえたような気がした。そして単純に綺麗だと言ってもらえたことそれ自体も、玲奈の胸に幸福を流し込む。それがあまりに温かすぎてのぼせてしまいそうだ。

一晩経って落ち着いたかと思っていたのに、朝彼に声をかけられ、顔を見ただけで、も

う平静が乱れてしまう。調理中の姿をずっと見られていたと気付いた時などは、慌てて健を遠ざけてしまった。

(変に思われなかったでしょうか)

健は特に訝《いぶか》しむ様子を見せなかったが、玲奈としてはずっと落ち着かなかった。

普段より入浴時間を早めたのも、一緒にいるのが恥ずかしかったからだ。嫌ではないどころかむしろ一緒にいたくはあったが、あれ以上は自分を保てそうになかった。

しかし、入浴で少し落ち着けたと思っていた自分が、その実冷静さを取り戻せていなかったことをすぐ知る。

入浴後のケアを済ませて脱衣場を出ると、健と出くわした。彼の部屋は目の前にあるし、時間も普段と違うのだからいつも以上に気を付けるべきだったのに、完全に無意識だった。

「あ……健さん」

「ゆっくり休んでくれよ」

健は玲奈の上下に視線をやり、気遣うように優しく笑う。早めの入浴は早めの就寝に備えてだと思ったのだろう。

ただ、昨日見せたはずの寝間着姿、しかも風呂《ふろ》上がりの自分を見せるのがとても恥ずかしく、顔がどんどん熱くなる。

「はい。ありがとうございます。それではおやすみなさい」

少し早口で言ってから腰を折り、玲奈は逃げ込むように自室に飛び込んだ。

「変に思われなかったでしょうか」

それが気になるのに、とても確認する気にはなれなかった。

とにかく、明日からは平常心を意識しなければ。そう思い、玲奈は健に言ったように早めに布団《ふとん》に入った。しかし、今日も中々寝付けなかった。

# 四章

「料理を教えてほしい、ですか？」

「ああ」

健がそう頼むと、玲奈はきょとんとして首を傾《かし》げた。

土曜に体調を崩し、日曜はその影響か少し様子のおかしかった玲奈だが、数日《すうじつ》経《た》った今ではおおよそ普段通りと言っていい。

「普段の食事は玲奈にお願いしたいけど、一応念のためって感じで。玲奈が体調崩したりどこか出かけたりした時のために、俺も覚えておいた方がいいって思うし」

本当のところは、上達して玲奈の代わりを少しでも務められたらという思いがある。

「そういうことでしたら、はい。私でよければ」

「これに関しては玲奈にしか頼めないだろ」

本人の腕前、健との関係、そして物理的な距離と、あらゆる面で玲奈が最適だ。

「私だけが頼りなのですね」

ほのかに頬を染めた玲奈が顔を綻ばせる。

「まあ、そうだな」

「そういうことでしたら、今日の夕食を一緒に作りましょうか。ひとまずはその過程で基本的なことをお教えする、調理実習のような形でいかがでしょうか？」

「俺はズブの素人《しろうと》だから、どんな風に教わったらいいかも全部玲奈に任せるよ」

「わかりました。では今日はそのつもりで支度をしておきます」

「ありがとう。よろしく」

というやり取りをしたのが今日の朝食時。そして現在、互いに帰宅し、玲奈はエプロン姿、エプロンの無い健《たける》はTシャツ姿だ。

「今日の献立はご飯と大根のお味噌汁《みそしる》、それから豚の生姜《しょうが》焼きにキャベツの千切りです」

普段玲奈が作る夕食に比べるとだいぶオーソドックスな印象だ。恐らく初心者の健のためを思ってだろう。

「今日は主に基本的な包丁の使い方をお教えしようと思います」

「了解」

包丁を握るのは中学の調理実習以来だろうか。少し緊張する。

「正しく使えば危険はありませんから、落ち着いて力を抜きましょう」

健の状態がわかるのか、玲奈が優しく微笑《ほほえ》みながら落ち着いた声を発する。

「包丁の持ち方と食材の押さえ方はこのように……」

そう言って健の背後から手を取ろうとした玲奈が、直前で動きを止めた。

「玲奈？」

包丁を置いて振り返ると、顔を赤くした玲奈が一歩二歩と後ずさる。

「ええと……今日は初回ですから、包丁を使うのはやめておきましょう」

「え……そんなに下手くそだったのか？」

自分でも危なっかしいとは思ったが、上級者の玲奈から見るとそれどころではなかったのだろうか。幼い子どもならばいざ知らず、まさかこの年で包丁禁止を言い渡されるとは思わなかった。

「そういう訳ではありませんけれど、初回は見学していただいた方が良《よ》いのではないかと思い直しまして。よくよく考えれば私も最初は見学からでしたので」

前回はその見学すら失敗したのだが、今回は大丈夫だろうか。

「できるだけわかりやすくお見せしますし、何かありましたら都度尋ねてください」

「そういうことなら大丈夫か。じゃあ、よろしく頼む」

「はい。見ていてください」

そう言って玲奈《れいな》はまずは基本的な包丁の握り方を説明し、健に見せる。当然のように健は知らなかったのだが、食材や切り方によって握り方は変わるらしい。

「まずキャベツの千切りをお見せします。この場合はあまり力を入れる必要はありませんけれど、細かい動作が必要ですのでこのように刃の根元の部分を指で挟むように持ちます」

「さっき見せてくれた押さえ型《がた》だな」

「はい。その通りです」

顔を上げた玲奈が褒めるように健に微笑むので、何だか照れくさい。

「それから、初心者の方は特に注意していただきたいのですけれど、左手の使い方も非常に重要です」

「猫の手ってやつか」

「はい。もしくはこのように卵をそっと握るような形ですね。私はこちらの方が好きですけれど、健さんのやりやすい方を選んでください」

「へえ」

玲奈のしなやかな指が可愛《かわい》らしい円を形作る。卵の方は知らなかったが、彼女がやっているのだから今度真似《まね》してみようと思う。

「では実際に切ってみましょう」

そう言って玲奈はサクサクとキャベツに包丁を入れていく。見せるためにある程度速度を落としているのだろうが、それでも速い。

健の驚きをよそに、玲奈はリズミカルに包丁を動かし、心地良い音を奏《かな》でながら細く均等に切られたキャベツを積み上げていく。

「綺麗だな」

「え？」

思わず呟《つぶや》くと、玲奈が手を止め、包丁を置いてから顔を上げた。

「あ……千切りが、ですよね？　ありがとうございます」

「それもだけど、技術というか、包丁の持ち方も様になるし、切ってる姿も凄《すご》いなって」

素直な感想を口にすると、玲奈が頬を染める。

「集中しているのですから、おかしなことを言わないでください。ただでさえも見られているると恥ずかしいのですから」

「あ、悪い。でも本当に惚《ほ》れ惚《ぼ》れするくらいだったから、つい」

「ですから……もうっ」

赤い顔のままの玲奈が唇を尖《とが》らせ、何故《なぜ》か手を洗い始めた。

「どうかしたのか？」

「健さんは見学禁止です」

「何でだよ⁉」

「健さんのお食事はこれから私がずっと作るのですから、健さんが料理を学ぶ必要は無かったのです」

「ええ？」

普段よりも眉をつり上げた玲奈が手を拭き、そのままこちらにやって来て健の背を押す。

「時間は有限なのですから、もっと有益なことに使うべきです」

「いやいや。玲奈に料理教わるのはだいぶ有益だと思うぞ」

華奢《きゃしゃ》だが力強い玲奈に押されながら反論するものの、彼女は聞く耳を持たない。

駄々をこねる子どものような姿は珍しく、普段がしっかりしている分可愛らしいとも思うので抵抗がしづらい。

「男子厨房《ちゅうぼう》に入らずとも言いますし、健さんはキッチンから出ていてください。先ほど言いましたように見学も絶対に禁止です」

「いつの時代だよ⁉」

結局健は、玲奈が調理中のキッチンへの永久立ち入り禁止を言い渡された。

「なあ」

「何でしょうか？」

夕食を食べ始めて少ししたが、玲奈の様子は普段通りに戻っている。

「料理がダメなら何か別の形で今までの詫《わ》びがしたいんだけど」

「お詫び、ですか？」

「この前言ったろ？　今まで負担かけてきたのは事実なんだし、何かしたい」

「それで、料理を習いたいということだったのですね」

納得がいったという風な顔をした玲奈が、ふふっと笑う。

「ですが、今となっては健さんもお掃除をしてくださっている訳ですから、お気持ちだけ頂いておきますよ」

「それは今現在の話だろ？　そこに至るまでの詫びってことで」

今現在の話をしても、玲奈の負担の方がまだずっと大きい。

「そうは言っても、私はお詫びしていただく必要性を感じていませんので」

苦笑の玲奈は遠慮している訳ではないだろう。本心でそう思っているのが伝わってくる。

しかし健としてもこれは譲れない。詫びをしたところでこれまで玲奈に負担をかけていた事実を消せる訳ではないが、多少なりともお返しをしたいのだ。そうでなければ一緒に生活をする資格すら無いと思う。

「じゃあこれからの負担をもっと減らせるように料理教えてくれよ」

「そ、それはダメです」

頬を朱に染めて首を振った玲奈が、はっとしたように健を見つめ、少し口を尖らせる。

「もう。強引ですね」

「まあな」

少し呆《あき》れたように息を吐いた後、それでも玲奈は優しくふふっと笑う。

「そうは言っても、そのお気持ちが嬉《うれ》しいのですから、私も仕方ありませんね」

目を細めて口元を押さえる姿、その言葉に少しドキリとさせられる。詫びの気持ちを伝えられればと思っていたが、玲奈がそれを喜んでくれるなら何よりだ。

「じゃあ、何がいいか考えといてくれ。俺にできることならなんでもいいから」

「そうですね……」

玲奈は僅かに眉根を寄せる。今この場でというつもりではなかったのだが、こうやってすぐに考え始めてくれることを嬉しく思う。

「あ」

「何か思い付いたか？」

「はい。一日お時間を頂くことですけれど、よろしいでしょうか？」

「ああ、もちろん」

こんな時でもやはり遠慮がちの玲奈に大きく頷《うなず》いてみせる。

「では、この家の周辺を案内していただきたいです。引っ越してから散策する機会もありませんでしたから、この辺りのことをほとんど知らないのです」

玲奈は少し恥ずかしそうに眉尻を下げる。

「ああ。もちろんいいぞ。連休も近いしな」

ぱっと顔を輝かせた玲奈が「ありがとうございます」と軽く頭を下げた。

「いつか見て回りたいとは思っていたのですけれど、腰が重くて。ですが健さんにご一緒していただけるとなると心強いですし、何よりとても楽しみです」

満面の笑みの玲奈を見ると温かな気持ちになる。詫びのつもりだったのに、健が貰《もら》うものの方が大きくなってしまいそうだ。

「どんな所を見たいとかあるか？　具体的な場所はわからないだろうけど、遊ぶ場所とか買い物する場所とかの系統だとどれがいいとか」

「そうですね」

少し考えるそぶりを見せた玲奈が眉尻を下げる。

「健《たける》さんにお任せしたいのですけれど、よろしいでしょうか？」

「俺に？」

「はい。健さんが普段立ち寄る場所であったり、好きな場所であったり。それを私に教えていただきたいです」

「ん-……わかった」

「ありがとうございます」

恐らく高校卒業までは暮らす場所なのだから、良い印象を持ってもらいたい。これを機に玲奈の日々の暮らしに少しでも楽しみが増えるなら何よりだ。

「俺がリストアップして、興味ある所を選んでもらう感じでいいか？」

「いいえ」

玲奈が小さく首を振り、口元を少し緩めた。

「当日出かけるまで、内緒にしていただきたいです。楽しみにしていますので」

「責任重大だな」

肩を竦《すく》めると、玲奈は「わがままを言ってすみません」と言いながらも、目を細めてふふっと笑う。

（なんかデートみたいだな…………何考えてんだ）

彼女に楽しんでもらうプランを考え、それは当日のお楽しみ。ついついそういう想像をしてしまい、健は慌てて頭を振ってその思考を追い出そうとして、追い出しきれなかった。

「健さん？」

「いやなんでも……考えとくから、楽しみにしといてくれ」

「はい」

声を弾ませて期待に満ちた笑みを見せる玲奈にまたも同じような想像をしてしまい、「顔洗ってくる」と健は洗面所に逃げ込んだ。

◇◇◇

「あ、健さん」

健が突然顔を洗ってくると言って席を立ってしまい、残された玲奈は首を捻《ひね》る。

直前に頭を振っていたことと関係があるのだろうか。帰ってきたら理由を聞いてみようかとも思ったが、それよりも話の続きをしたかった。

そんなことを考えると自然と口元が緩む。意識しなければ際限が無くなってしまいそうで、玲奈《れいな》は少しだけ頬に力を入れる。

（お詫びなんて、本当に必要無いのですけれど）

この家に来てからの家事はやりたくてやっていたことだ。

料理自体が好きなことに加え、表情と言葉で料理の感想を伝えてくれる健は振る舞う相手としてこの上ない。幼い頃からずっと手料理を食べてもらいたいと思っていた相手であることを抜きにしてもだ。

掃除や洗濯などは特別好きという訳ではなかったが、最初の内は健との約束を果たすための行為として当たり前だと思っていた。しかし今となっては、自分の生活環境を自分で整えることは気分が良《よ》いと思っている。

そう。同居当初は健の家にお邪魔しているという気持ちでいた。それが今では、二人で暮らしている。健が言ってくれたように、玲奈も今の生活が好きだ。だから、本当に詫びなどは要らなかった。それなのに――

またも自然と笑みが零《こぼ》れた。今度はふふっと小さな声までも。

健が今までになく強引だったことが嬉しかった。それだけ彼が感じた責任が大きいということについては少し申し訳なく思うが、玲奈のために何かしてくれようとする気持ちが何より伝わってきた。

だから一生懸命にしてほしいことを考え、ふと思い付いたことがあれだった。

入谷《いりや》健という婚約者のことを少しでも知りたかったから？　本質的なところは昔と変わらないのに、一見すると大きく変わってしまった彼のことを知りたかったから？　だから、健の普段の行動や好む場所を知りたかった……きっとこれは後付けに過ぎない。もちろんその理由もあるのだろうが、きっとあの時はただ単に、一緒に出かけたかっただけだ。

（あ……これではまるで……）

カタカナにして三文字のその単語を思い浮かべ、自身の顔に火がついたのを自覚する。

「どうしましょう」

そんなつもりが無かったから、当日は動きやすい格好をしていこうと思っていた。もちろん今となってもそのつもりは無いのだが、意識はしてしまった。

「デート……でないにしても、やはり少しでも良い印象を持ってもらいたいですし……」

格好も髪型もメイクも、当日の行動と与えたい印象がどうしても相反してしまう。そしてそれを考えれば考えるほど、顔には熱が集まっていく。

つい先ほどまでは早く健に戻ってきてほしい、早く話の続きをしたいと思っていたのに、今ではまるで逆のことを思ってしまう。

「どうしましょう」

玲奈はもう一度呟《つぶや》いたものの、自身の思考を止められなかった。

◇　◇　◇

学校での休み時間、廊下で壁を背にしてスマホを見ていると肩を叩《たた》かれた。

「健がスマホに夢中なんて珍しいな」

横から近付いてくる友人に全く気付いておらず、体が震えてしまった。叩いた当人はけらけらと笑っていて少しも申し訳なさそうな様子は無い。

「で、何見てんだ？　しかもわざわざ廊下で」

「別に、なんでも」

制服のズボンにスマホを伏せると、外した伊達《だて》メガネを回しながら遼真《りょうま》が軽薄に笑う。

「おいおい。まさか健が学校でそんなの見るとはなあ」

「おいやめろバカ」

慌てて周囲を見渡すが、遼真はまた「おいおい」と笑う。

「周りに誰かいたなら冗談でもそんなこと言わないって」

「まあ、お前ならそうだな」

「そうそう。で、何見てたんだ？　言えない感じか？」

「言えなくても聞くけど」

外した伊達メガネをかけ直した遼真の陰から、ひょこりと愛《まな》が現れた。

「神出鬼没かお前は」

「私猫だから」

玲奈に言われたことを気に入っているのか、愛はいつかと同じように頭の上に猫の耳を作ってみせる。

「しつこいぞ」

と言いつつも猫を追い払うような動作をする遼真は、やはり付き合いがいい。

「それで、入谷君がえっちなサイト見てたって話の続きだっけ？」

「お前聞かれてるじゃないか！」

「……すまん」

「男の子だもんね。大丈夫。私そういうのに理解あるから」

わざとらしい笑顔を作った愛が「うんうん」とこれまたわざとらしく頷いている。

「理解あるならそっとしておいてくれ、ってかそもそも違うから」

「そうなの？　じゃあ何見てたか言えるよね？」

「鬼畜かお前は」

と言いつつ遼真も止めに入らない。本気で隠したいのなら健がさっさと逃げ出すのをわかっているからだろうか。

「……これだよ」

「情報誌の検索？」

「バイトでもするのか？」

諦めてスマホの画面を見せると、覗《のぞ》き込んだ二人がそれぞれ首を傾《かし》げた。

「そうじゃなくて。引っ越して一年だけど、この辺りのことあんま知らないなと思って」

「それで探そうと思ったってことか？　この辺ピンポイントの情報誌とかあるか？」

「無かったな。もっと広いエリアのはあったけど」

健の家付近は観光スポットなども無くどちらかと言えば住宅街寄りだ。遼真の言う通り、参考になりそうな物は見つからなかった。

「てかこの辺のことなら大崎《おおさき》に聞けばよくない？」

「んー、遊ぶ場所なら教えられるけど、健の知りたいこと次第じゃ役に立たないかもな」

「役立たずって言いたいところだし言うけど、でもそれなら大丈夫でしょ」

「何でそう言えるんだよ？　ってかお前さあ――」

「だって女子関係でしょ？　入谷君が悩んでたの？」

「は？」

鳩《はと》が豆鉄砲食らったようなとはこういう表情かと、遼真を見ながらふと思う。

「何でそうなるんだ？」

愛は自信満々に言い切ったが、健としては一応の抵抗を試みる。

「わざわざ教室の外でスマホ見てたし」

「それだけじゃわからなくないか？　エロサイト見てたかもしれないだろ」

「大崎じゃないんだから学校でそんなことする訳ないじゃん」

遼真もそんなことはしないと思うが、呆《あき》れ顔の愛は健の弁護側のようなので黙っておく。

「あと最近入谷君がちょっとかっこよくなったと女子の間でプチ評判です。いりたに君て言われてたけど」

人差し指を立てて教師ぶる愛が絶妙に不要な情報を入れてくる。

「はあ？　健は元からかっこいいんだが？」

「うわ…………」

こういう冗談はしっかり処理してほしいのだが、愛は無かったことにするという選択をしたらしく、「で」と言葉を続ける。そのせいで健は少し心が痛い。

「ちょっとかっこよくなった。女の影響。こそこそ周辺情報を調べる。デートの行き先を調べてる。完璧な推理」

「穴ボコボコじゃねえか」

得意げな愛に今度は遼真が呆れてみせる。確かに飛躍のし過ぎで穴だらけの推理なのだが、結論が正解に近いのが恐ろしい。断じてデートではないが、玲奈をエスコートするための情報が欲しかったのだから。

「なのに正解っぽいのが腹立つな」

わざわざ「ふふん」と声に出して胸を反らす愛の横で、こちらの顔を窺《うかが》った遼真が肩を落としてため息をつく。

「まあ、そういうことなら健《たける》。多少は教えられるぞ」

「私もね」

遼真はもちろんだが、中々強引に暴いた愛もそれ以上の追及はしないようで、純粋に力を貸してくれるつもりのようだ。何だかんだでいい奴《やつ》らだ。何だかんだが無ければもっと良いのだが。

「そうだな。じゃあ……」

隠しておきたかったことがバレてしまった以上、もう素直に助けてもらおうか。諦め半分感謝半分で頼むと口にしかけたところで、昨夜の玲奈との会話を思い出した。

『健さんが普段立ち寄る場所であったり、好きな場所であったり。それを私に教えていただきたいです』

健が半ば無理矢理承諾させた詫《わ》びの形ではあるが、玲奈はそう望んだ。

「健？」

「……悪い。ありがたい申し出だけど、もうちょっと一人で考えてみる」

軽く頭を下げると、遼真も愛も一瞬目を丸くしたものの同じようにふっと笑う。

「そっか。じゃあ頑張れよ」

「男の子って感じだねえ。あ、えっちな意味じゃなくてね」

「おい」

「台無しにするな榊《さかき》。行くぞ」

「ごめんごめん。邪魔しないから、楽しませてあげてね」

片方が軽く、もう片方がぶんぶんと手を振って去っていくのを見送り、健は閲覧していたウェブページを閉じた。

◇　◇　◇

玲奈《れいな》と出かける当日。朝食を終えてからリビングで過ごし、そろそろ支度をしようということで互いに部屋に戻った。終わったらリビングに再集合となっている。

玲奈は三十分くらいかかるので部屋で待っていてほしい旨《むね》を伝えてくれていたのだが、着替えを終えた健はいてもたってもいられず部屋を出た。

洗面所の鏡の前に立ち、普段ほとんど弄《いじ》らない髪を軽くセットし、背筋を伸ばして今日の自分を確認する。少し大人びた印象を意識してスキニーにニットを合わせ、丈の短めなジャケットを羽織り、前髪を少し流した。

「悪くない、か？」

客観的な数字で表せない以上主観評価になるので余計にだが、どうにも自己評価というものは苦手だ。逡真に写真を送ってチェックしてもらいたい。事前ならともかく今となってはもう遅いのでやらないが。

少しの間鏡の前で自分を見ていたが、何だか恥ずかしくなって退散することにした。万が一玲奈にこの様子を見られたら死んでしまう。

リビングのソファーに座り玲奈を待つことにしたのだが、こういう何もすることの無い時間というのは良くない。結局一人で決めた今日のルートも、格好も、これで良かったのだろうかと今更どうしようもないことばかりが頭の中をぐるぐると巡る。

玲奈はどんな風に思ってくれるだろうか。昨日までは今日が楽しみだったのに、どんどん不安が大きくなってきている。

「お待たせしました」

そんな時に聞こえたのは澄んだ声。ただ、調子は普段と少しだけ違ったように思う。

慌てて立ち上がって振り返ると、はにかみを浮かべた玲奈が前髪に触れて整えていた。

「いや、全然。俺もさっき出てきたところだから」

「そうなのですね」

「ああ……」

このやり取りがまるで以前想像してしまった行為《デート》の始まりのようで、鼓動が速くなる。

そしてそれを急加速させる要因がもう一つ。

（凄《すご》いな……）

現れた玲奈が純粋に魅力的で、目が離せない。

「……普段と印象違うけど、よく似合ってるな」

健の知っている玲奈は、この家に初めて訪ねてきた時のお嬢様然とした姿と、制服姿、普段部屋の中で着ているゆったりとした服装くらいだが、今日の彼女はそのどれとも違う。

足の長さと細さがよくわかるスキニーデニムに、トップスはレースのバルーンスリーブ。髪型は普段ハーフアップのところ、今日は可愛《かわい》らしいシニヨンで纏《まと》めている。

外を歩く予定だからか肩から小さなバッグをかけていて、普段の玲奈と比べればアクティブな格好に見えるが、それでいて彼女らしい楚々《そそ》とした印象もしっかりと残っている。

「本当でしょうか？　気を遣っていませんか？」

それなのに、頬を染めながら眉尻を下げた玲奈はまだどこか不安そうだ。

「本当だって。女子のファッションはよくわからないけど、玲奈に良く似合ってる。動きやすそうなのにしっかりオシャレで……綺麗《きれい》だ、と思う」

「あ……ありがとうございます」

目を丸くした玲奈が深々と腰を折る。

「そんな頭下げなくても。思ったことを言っただけなのに」

「いえ。はしたない顔をお見せしてしまいそうになったものですから」

顔を上げた玲奈が赤い顔ではにかみながらそう言う。その言葉と可愛らしい姿に、健はまたもドキリとさせられる。

「健さんも、とてもよくお似合いです」

「本当にか？」

顔にほのかに朱色を残したまま、玲奈が微笑《ほほえ》む。

「はい。普段の健さんよりも少し大人びた印象ですけれど、それがす……素敵、です」

「ほんとに本当か？」

「……もう」

再び可愛らしいはにかみを見せていた玲奈が呆れたように息を吐く。それなのに、仕方のない人ですねとでも言いたげな、優しい表情をしていた。

「健さんが自信を持ってくださらないと、先ほどの私への評価も信頼できなくなってしまいますよ？」

玲奈自身も最初は不安そうだったではないかと思うのだが、きっとそういうことではないのだろう。自信を持ってください、彼女の笑顔はそう言ってくれていた。

こちらへ一歩踏み出した玲奈がニコリと笑い、しなを作るように首を少し倒した。彼女の好きな柑橘《かんきつ》の香りがふわりと届く。爽やかで、少し甘い。

「健さん。素敵です」

「ありがとう。玲奈もよく似合ってる……可愛いよ」

「あ、ありがとうございます」

そこで互いに言葉が途切れ、近い距離で見つめ合う。互いの服装をチェックするには不適切なくらいに、いつの間にか随分と近くに寄っている。それをわかっていながら、健は玲奈の琥珀《こはく》の瞳から目を逸らせずにいた。

はにかみを浮かべ、頬の色付きを濃くし始めた玲奈も、健から視線を逸らさない。自身の顔に熱が集まり始めたのを感じる。

「そ、そろそろ行くか？」

顔を見せたくないと伏せた玲奈の気持ちが少しわかる。

「あ、はい。そうですね」

はにかんでいた玲奈もはっとしたように目を開き、照れ笑いを浮かべながら小さく頷《うなず》く。

「今日行くところなんだけど――」

「全て健さんにお任せしていますので、現地に着くまで内緒でお願いします」

「プレッシャーがかかるな……」

そんな会話をしながら玄関まで歩き、ちょうど辿《たど》り着いたところで玲奈が「すみません」と優しく笑った。

「まあ、今日はそういう約束だったしな」

「はい。ずっと楽しみにしていましたから」

「だからプレッシャー」

靴を履きながら肩を竦《すく》めると、ふふっと笑った玲奈が靴箱からスニーカーを取り出した。同居前にここを訪ねて来た時のメリージェーンと通学用のローファー以外は初めて見るが、今日の彼女の格好にはぴったりだ。

「こうやって一緒に家を出るのは初めてですね」

「そう言えばそうだな」

一緒に朝食をとるようになってからも、時間をずらすために健が後から家を出ていた。玄関を施錠《せじょう》し、エレベーターで階下へ。この過程を誰かとともにするのは初めてで、何だか少しむずがゆい。隣を窺うと、玲奈がちらりと健を見上げ、はにかんだ。

「何だか不思議な気持ちです」

「だな」

一緒に暮らしているという事実を再認識したような気分だ。

「じゃ、こっちだ」

「学校とは反対方向なのですね」

「ああ」

通学路側を選ぶと玲奈が知っている場所に当たる確率が高まるだろうとの考えだ。結果論ではあるが、方向を絞ったおかげで行き先の選定も楽になった。

学校を起点にして大まかに見ると、健《たける》たちの家は西方向、駅は南方向にある。健たちの学校の生徒が遊びに出るのは大体駅方向。今の進行方向は家から更に西の比較的新興の住宅街。玲奈がこちらに来たことは恐らく無いだろう。その証拠に、物珍しそうに周囲に目をやっている。

「ご家族用の集合住宅が多い印象ですね」

「そうだな。でも一応、住人は多いから店も結構あるぞ。コンビニとかスーパーみたいな生活に密着した店とか」

「スーパーを、利用されるのですか？」

健の生活力へのある種の信頼ゆえか、玲奈が小首を傾《かし》げた。

「言いたいことはわかるけど、惣菜《そうざい》買ったりはするからな」

「あ。確かにそうですね」

少し眉尻を下げた玲奈が口元に手を当てて笑う。まあ実際、滅多に利用しないことは確かなので、偉そうなことは言えない。

「そう言えば、玲奈は普段どこで買い物してるんだ？　食材とか。今更な話だけど」

「宅配を利用しています。食材を直《じか》に見たいという思いもあるのですけれど、この辺りには不慣れでしたから。ですが、近くにスーパーがあるのでしたら行ってみようと思います」

「買い物の役には立たないけど荷物持ちくらいはできるから、その時は連れてってくれ。どうせ暇だし」

「ありがとうございます」

目を細めて微笑む玲奈が、「ですが」と言葉を続ける。

「その場で健さんが何を食べたいかを伺えるのですから、買い物がしやすくなります。それに、買い物がとても楽しくなるのですから。役に立たないということはありませんよ。お時間がある時は是非お願いしたいです」

「……ああ」

まさかそこまで言ってもらえるとは思わず、満面の笑みで期待を表す玲奈から顔を逸《そ》らす。仮に時間が無くても、いくらでも作れる気がした。

「じゃあ、スーパーも場所だけ見て行くか」

「はい。ありがとうございます」

笑んだ玲奈の会釈《えしゃく》を受け、頭の中に今日の地図を呼び出してルートを少し訂正する。

少しだけ遠回りになるが、問題無いだろう。

「さて、今日の一ヶ所目だ」

「書店、ですか」

そうこうしている内に辿り着いた本日の一ヶ所目。玲奈《れいな》が見上げた看板には、彼女が口にした文字が並んでいる。

「珍しい場所って訳じゃないんだけど、よく行く場所で真っ先に思い付いたのがここだった。まあ、来るのは週一くらい、なんだけど」

プランを立てた時にはこれでいいと思っていても、実際に披露するとこれで良かったのかと思ってしまうことがある。健にとっては今がそれだ。書店の店構えを眺める玲奈の横顔を見ながら、急に不安が湧き上がる。

しかし、綺麗な横顔にやわらかさが増した。唇が優しい弧を描いた後、玲奈は体ごとこちらを向き、少し表情を崩した。

「ありがとうございます。健さん」

「こういうので、良かったか?」

「はい。私の要望通り、健さんのお好きな場所が知れて嬉《うれ》しいです。中も案内してくださいますか?」

「ああ。って言っても普通の本屋だけどな」

「お店の方に聞かれたら怒られてしまいますよ？」

くすりと笑った玲奈を伴い店内へ。入って右側が主に漫画、左側に小説や雑誌、実用書などが陳列されている。

「健さんが普段読んでいる本は、こちらで買っているのですか？」

「ああ。大体はな。あんま広くないけど新刊はちゃんと入荷するみたいだし」

日曜午前の開店して間も無い時間なので客はまばらだが、帰宅時間である平日の夕方は混雑している印象がある。

「玲奈の本は通販か？」

「はい。実家にいる時に買った物ですけれど、読めていない本が何冊かありましたから。今後はこちらにお世話になることが増えそうですね」

「なら良かった」

ふふっと笑う玲奈にほっとしつつ、それならばと小説のコーナーへと案内をする。

「小説の新刊はジャンル問わずこの棚で、あとはジャンルと出版社であっちに並んでる」

中心となる什器《じゅうき》とその周りの平台に新刊が展開されている。ある程度並びは考慮されているようだが、ライトノベルの類と歴史小説の類が近くに並んでいる状態を初めて見た時は不思議な印象を受けた。

「玲奈はどんなの読むんだ？」

「私はもっぱらミステリです」

「へえ」

意外だなと思っていると、玲奈が新刊棚のミステリと思《おぼ》しき文庫を手に取り、「興味があった本です」と嬉しそうに健に見せる。

「買ってくか？」

「今日は荷物になっても困りますし、今読んでいる本を終えたらまた来ます」

玲奈はそう言って持っていた本を丁寧に元の場所に戻す。

「ミステリは滅多に読まないんだけど、推理とかしながら読むのか？」

「いえ、私はそういう読み方はあまりしませんね。こうでしょうかと考えることもありますけれど、単純にストーリーとして読むことがほとんどです」

既刊棚へと移動しながら、玲奈は「邪道かもしれませんけれど」と眉尻を下げる。

「楽しみ方は人それぞれだろ。決まった方法しか許されないんじゃ娯楽として息苦しい」

「そうですね。ありがとうございます」

玲奈は少し眉尻を下げたまま微笑む。

「やはりこちらの棚には有名どころが多いですね」

「この本は、読んだことは無いけど俺でも知ってるな。叙述トリックが有名なやつだ」

帯に『ラスト10ページ、衝撃の展開！』と書かれた本を手に取ってみると、玲奈がほんの少し渋い顔を見せる。

「この本、微妙なのか？」

「いえ、そうではなく……読んだことはありますし、とても面白かったですよ」

そうは言いつつ、玲奈が健をちらりと窺《うかが》い、ほんの少し拗《す》ねたような表情を浮かべる。

「ただ、私が……こういう情報を事前に知りたくないものですから。だって、せっかくなのですから、身構えずに読みたいのです。こういった謳《うた》い文句が読者獲得のために必要なのはわかっているのですけれど……」

珍しく、と言うよりも初めて見る。言い訳をするように言葉を濁す玲奈。自分の好きな物に対する気持ちと、理性的な面がせめぎ合う複雑な心中が見て取れた。

思わず笑いを漏らすと、玲奈が恨めしげにこちらを見やる。そんな表情も可愛《かわい》らしい。

「悪い。だけど、いいんじゃないか？」

「わがままだとは思わないのですか？」

「思わないな」

おずおずと尋ねる玲奈に対し、大きく首を振る。

「人それぞれってさっき言ったろ？　こういうの好きじゃない人もいるだろ」

「そうなのですけれど」

「じゃあいいじゃないか。それに」

唇を尖《とが》らせたままの玲奈だったが、「それに？」と健の言葉を反芻《はんすう》し、首を傾げる。

「俺は知れて良かったって思ってるからな。玲奈がこういうネタバレ的なのが好きじゃないことを」

ミステリを好むことも、今日まで知らなかった。短い間に二つも玲奈を知れたのだ。

「俺は玲奈のことをもっと知りたいと思ってるから、むしろありがたいくらいだな。今日はそんな感じで色々教えてくれ」

「健さん……」

玲奈の頬が少し色付く。尖らせていた口元が緩み、そしてもう一度尖った。

「今日は私が健さんのことを教えていただく日なのですから、もう教えません」

わざとらしくぷいっと顔を逸らしてふふっと笑う玲奈は、「それに」と楽しそうな声を発した。

「女性は秘密が多い方が魅力的なのだそうです。愛《まな》さんから教わりました」

「あの人を参考にしないでくれ……」

ただ、少しだけ知れた玲奈のことをもっと知りたいと思ってしまうのだから、あながち的外れではないのだろうと思えた。


あの後しばらく店内を見て回った書店を出てから少し歩き、スーパーを経由して二ヶ所目の目的地に到着した。

「次はドラッグストアなのですね」

「ああ」

健の行動範囲は広くなく、自宅付近に限定するとよく行く場所はほとんどが買い物をする店になってしまう。

こんな場所でいいのかと不安もあるのだが、こういう場所であれば玲奈の役にも立つだろうしと、もう開き直った。それに、彼女が健のことを知る日だと言ってくれたから、今日は背伸びしない自分を見てもらいたいと思う。

「玲奈はドラッグストアって使うのか？」

「いえ。買い物はほとんど使用人に任せるか外商に来てもらっていましたから、外のお店を使うこと自体がほとんどありませんでした。自分で買うにしても通信販売でしたし」

「なら良かった、のか」

外商を利用するような生活環境に少し驚きはあるものの、来たことが無いのなら多少の目新しさはあるだろう。

「大きな薬局というイメージだったのですけれど、それだけではないのですね」

入店後、玲奈はやはり周囲を見渡して目を丸くしていた。

「どっちかと言うとスーパーに近いイメージだな、俺は」

薬品のコーナーはそれなりに広いし、調剤コーナーには薬剤師も常駐している。大きな薬局なのは間違いないのだが、それ以上に他のスペースが広い。

「健康食品や化粧品、洗剤などの生活雑貨はわかるのですけれど、文房具や冷凍食品、お菓子に飲料、ペットフードまで。幅広いのですね」

「ここはちょっとしか置いてないけど、惣菜《そうざい》とか生鮮食品をしっかり置いてるドラッグストアもあるらしいぞ」

店内を見渡しながら歩いていた玲奈が再び目を丸くする。

「そうなると、日常生活はほぼ一軒で事足りてしまいますね」

「そうだな。俺の場合はその辺が無くても一軒で事足りてたんだけど」

そう言って肩を竦《すく》めると、玲奈が口元を押さえてくすりと笑った後、わざとらしく胡乱《うろん》な視線を向けてきた。

「インスタント食品と冷凍食品、それから菓子パンに総菜パン。ペットボトル飲料。全てが揃《そろ》っていますものね」

同居前の健《たける》がここで買い溜《た》めていたものばかりを挙げながら、玲奈が指を折る。

「う。生活雑貨とか文房具とかもここで買ってたんだぞ。あと一応サプリも」

「私は責めている訳ではありませんよ？」

ニコリと笑った玲奈が可愛らしく首を倒す。それなのに可愛らしいよりも別の感情が勝ってしまうのが不思議でならない。

「顔がそう言ってないんだが」

「本当ですよ」

頬を緩めて口元を押さえた玲奈がふふっと笑い、目を細めて辺りを見回す。

「どのような形であれ、このお店が健さんの生活を支えてくれたことに間違いはありませんから」

「確かにめちゃくちゃ世話になったな」

「そう言われると、少し妬《や》けてしまいますね」

「……何でそうなるんだ」

「冗談ですよ？」

ほんのりと温かな頬色の玲奈《れいな》が少し首を倒し、ふふっと笑って歩き出す。

「流石《さすが》にわかってる」

まるで元恋人への嫉妬のような言い方だと、玲奈に一瞬ドキリとさせられた自分に言い聞かせるように口に出し、健は彼女の後を追った。


「そろそろ昼食にしようと思うんだけど、いいか？」

三ヶ所目の家電量販店を見て回った後、そろそろ頃合いかと玲奈に声をかけると、彼女は手首を返して時計を確認した。

「はい。ちょうど良《よ》い時間ですね」

「これも今まで聞いたこと無かったけど、食べ物で苦手な物とかあるか？」

「特にありませんので、行き先も健さんにお任せします」

「了解」

プレッシャーは感じるが、楽しそうに笑う玲奈が圧をかけている訳でないのは当然わかる。純粋に健が選んだ場所を望んでくれているのだ。

「じゃあ、ちょっと歩くけどハンバーガーでいいか？」

この辺りは住宅街で、静かでオシャレな印象の個人飲食店もいくつかあるが、当然健は入ったことが無い。一方少し歩けば大通りに出て、そちらにはチェーン店が多い。こちらは健にとってなじみのある店ばかりだ。

女性を伴って行くのであれば前者がいいとは思うのだが、あくまでこれは案内であってデートでないのだから気取っても仕方がない。そう自分に言い聞かせる。

「はい。もちろんです」

「あ。だけどいいのか？　健康には絶対良くないぞ」

「どうして急に自信を無くすのですか」

眉尻を下げて呆《あき》れたような玲奈だったが、「ですが」と苦笑を浮かべる。

「私がインスタント食品などのことで責めたせいでもありますね」

「それはあんま関係無いかな。そっちは俺が食べるだけだし。何て言うか、ジャンクな物を玲奈に食べさせていいのかって。今更だけど」

「できれば健さんご自身のことも気にしてほしいのですけれど」

苦笑の玲奈がそこまで言って言葉を切り、頬を緩めた。

「今日の夕食はとびきりヘルシーな物を作りますから。それで相殺《そうさい》としましょう」

「流石だな。助かる」

「どういたしまして。では、行きましょう」

「ああ。あとこれ、見といてくれ」

「え」

スマホを渡すと、両手で丁寧に受け取った玲奈がスマホと健の顔との間で視線を行ったり来たりさせる。真面目な彼女らしく、勝手に見てもいいのかと悩んでいる様子だ。

「店のメニュー。たくさんあってカウンターでいきなり選ぼうとするとパニくるから」

「あ、そういうことだったのですね。ありがとうございます」

得心がいったという風に少し表情を緩めた玲奈が健のスマホを胸元に抱く。

「ですけど健さん。大切な物なのですから、こう易々《やすやす》と預けるのは良くありませんよ?」

「玲奈にじゃなきゃ渡さないって」

正論ではあるのだが、随分と真面目な玲奈に苦笑しつつ肩を竦める。彼女ならば預けられた理由以外の操作をするとは思わないし、たとえ見られても困るものも入っていない。何も問題は無い。

玲奈の他には遼真《りょうま》にならば渡してもいいかと思ったが、一抹の不安が残るのでやはり渡したくない。愛は論外だ。

「そ、その……健さん」

「な、何だ？」

頬を染めて慌てたような玲奈がその勢いで健のスマホを強く抱き、その結果胸元に沈む。

普段ゆったりとした服を着ているせいであまり意識していなかった部分を意識させられ、健も動揺してしまう。

「ええと……なんでもありません。拝見します」

「あ、ああ」

はっとしたような玲奈がはにかみを浮かべ、胸元のスマホに視線を移す。

「思っていたよりも随分メニューが多いのですね」

「だろ？」

「これでは確かに、準備も無しに店頭で注文するのは難しそうです」

「ああ」

と、お互いに少しぎこちない会話を続けていると、メニューを見ながらの玲奈がふふっと笑った。合わせて健も笑い、恥ずかしそうにこちらを見上げた玲奈と顔を見合わせ、もう一度笑う。気恥ずかしさは残るが、ぎこちなさは消えてしまったように思う。

「ありがとうございます、健さん。注文は決まりました」

はにかんだままの玲奈が、両手で丁寧にスマホを返す。

先ほどのことがあって自分のスマホなのに少し触りづらい。とはいえ玲奈が首を傾《かし》げたのでおかしくないように受け取り、素早くポケットにしまう。

「健さんは見なくてよろしいのですか？」

「ああ、俺はいい」

本当は見たかったが、冷静でいられる自信が無かった。

「慣れているのですね」

「まあ……あ、ジャンクフードばっか食べてる訳じゃないからな」

「わかっていますよ」

微笑《ほほえ》んでいた玲奈が少し眉尻を下げ、くすりと笑った。


店内に入ると、一斉に注目を浴びた。もちろん健はおまけだ。今日はあまり人の多い場所に立ち寄らなかったから意識しなかったのだが、改めて玲奈が非現実的な存在だと思い知らされる。

男性客はもちろん、女性客もほとんどが一度は玲奈に視線を送ったのではないだろうか。

「どうかされましたか？」

「あ、ああ」

「いや。並ぼう」

「はい」

やはり視線には慣れているのか、玲奈は特に気にした様子も無い。こうなっては健も気にするだけ損だと、背筋を伸ばす。

注文の列に並んでから数分で健たちの番が回って来て、玲奈が期間限定バーガーのセットを注文したので健も同じ物を頼んだ。

「あとはこの番号で呼ばれるのですね」

「ああ」

別行動をしてどちらかが先に席を確保しようかと思ったが、玲奈を一人にしたら絶対に声をかけられるのでやめておいた。

「混んでいますね」

「そうだな。日曜の昼時だし余計にな」

注文の品を受け取った後、二階の隅にようやく見つけた空席に座ると、玲奈が感心したように口を開く。健もこの時間に来たことは無かったので少し甘く考えていたが、予想以上だった。

「早く食べ終えて席を空けなければいけませんね」

「そこまで気にしなくてもいい気はするけど、そうだな」

優しい気遣いをする玲奈に苦笑しつつも、それを無駄にしたくはないと健も同意し、合図をした訳ではないが、二人で「いただきます」の言葉を重ねる。

「因《ちな》みにナイフとかフォークは無いからな」

「健さんは私のことを世間知らずだと思っていませんか？　来たことはありませんけれど、どういう文化があるかわからない訳ではないのですよ？」

連れてくることを選んだのは健だというのに、ついつい余計なことを考えてしまう。

「本当に、心配性なのですから」

くすりと笑い、玲奈が優しく目を細める。

「私はしっかりと楽しんでいますので、ご安心ください」

「ああ」

「あ。ですが健さん」

「ん？」

玲奈の眉尻が少し下がり、上目遣いの視線が健に向く。

「食べているところはあまり見ないでください。ハンバーガーの食文化だということはわかっていますけれど、かぶりつく姿を健さんに見られるのは少し恥ずかしいので」

「……俺はどこ見て食べればいいんだ？」

健《たける》は何とか頑張ったが、玲奈から視線を逸《そ》らし続けることはできなかった。

ちょうど両手で持ったハンバーガーに口をつけた玲奈と目が合うと、彼女は琥珀《こはく》の瞳を丸くしながら小さく口を動かし、ゆっくりと飲み込んだ。

「健さん？」

「無茶言うなよ」

ただでさえ玲奈から視線を外すのは一苦労だというのに、この狭いテーブルではどうしようもないのだ。

頬を赤らめた玲奈からの恨めしげな視線を浴びた健は、思いきり大きく口を開けてハンバーガーにかぶりつく。今まで見せたことの無い姿に、彼女はまた目を丸くしている。

「これでおあいこってことにしてくれ」

「もう」

目を細めてくすりと笑った玲奈が「健さん」と手を伸ばし、紙ナプキンでそっと健の頬を撫《な》でる。思わず固まってしまったが、ソースを拭いてくれたのだと遅れて気付いた。

お返しができてしてやったりといった顔をしているのかと玲奈を見たが、彼女は優しく目を細めながら口元を緩めていた。こんなことがただ楽しい、そう言いたげに。

つい先ほど玲奈から見ないでほしいと言われたが、今は健が同じことを言いたい気分だ。

「あり、がとう」

「どういたしまして」

ふふっと優しく笑う玲奈《れいな》が、しなを作るようにほんの少し首を倒す。

健が「言ってくれれば自分でやったのに」とこぼすものの、玲奈は口元を押さえて優しく笑う。まだほのかに温かな色が残るその笑みが気恥ずかしくて、健は話題を変える。

「で。どうだった？　初めてのジャンクフードは」

「美味《おい》しかったですよ。クラスの方たちが無性に食べたくなる時があると言っていたのがよくわかります」

「なら良かった」

「ファミリー層の食事としてだけでなく、学生の軽食としてもアプローチできる価格帯ですし、それでいて引きの強い、印象に残る味を確立できているのは飲食業として明確な強みですね」

目線が経営者寄りの玲奈に苦笑したものの、彼女にとっては新鮮な味であり、体験だったようだ。楽しそうに語る表情がそう言っていた。

「次は来た道をちょっと戻る」

　玲奈が言うように店の回転率に貢献するため、食後すぐに店を出た。

「昼食の後ですから、ちょうど良《よ》いですね」

　ニコリと笑った玲奈を伴い少し歩いて大通りから住宅街へ戻ったところ、二人の横を車が追い越していった。それ自体は午前から何度もあったことだが、今回違ったのはその黒塗りの車が少し前方で止まったことだ。偶然だろうかと思ったが、車の運転席から降りてきたスーツの男性が、白い手袋をした手で後部座席のドアを開く。

　まるでどこかの使用人のようだと思った感覚は正しかったようで、ドアの向こうからは健たちと同年代の少女が現れ――

「玲奈さん。やっぱり玲奈さんですね」

　明るい表情で声をかけてきた。

　呼ばれた玲奈は最初驚いた顔を見せたが、すぐに笑みを浮かべて相手の名を呼び返す。

「お久しぶりです。真理恵《まりえ》さん」

「本当ですよ。新学年から急に玲奈さんがいらっしゃらないのでびっくりしました」

「急な転校だったもので、お知らせできずすみませんでした」

　会話の内容からして前の学校の友人だろうと察しがつく。

真理恵と呼ばれた玲奈の友人は、何人かの名前を挙げながら皆も心配していた旨《むね》を語る。

中々のマシンガンぶりだが、玲奈は淑《しと》やかに笑いながら一つ一つに答えを返している。

(仲は悪くなさそうだな)

愛《まな》に対する態度と比べれば少し壁を感じる玲奈の対応ではあるが、相手方は随分と親しく接してきている。

二歩ほど下がってそんな風に観察をしていた健に、玲奈の友人が気付く。

「そちらの方は、玲奈さんのご友人ですか?」

「はい。入谷《いりや》健さんとおっしゃいまして、昔なじみの方です」

「まあ。入谷と言うと、あの、不動産の?」

「はい」

眉をひそめて耳打ちするような形ではあったが、健の耳にもしっかりと届いた。お家騒動のあった家なのだから、印象は良くあるまい。

玲奈はそんな友人の態度に心を痛めたような表情を浮かべて健を見るので、気にするなという意味を込めて笑ってみせてから一歩前に出る。

「入谷健です。昔の縁で、玲奈さんにこの辺りを案内していました。お話があるようでしたら少し外しますので、ごゆっくりどうぞ」

昔取った杵柄《きねづか》とでも言うべきか、こういう時にどんな対応をすべきかはわかる。気にせず堂々と、だ。

「あら……ご丁寧にありがとうございます」

少し面食らったように一礼した彼女が自己紹介を済ませ、「ですが」と言葉を続ける。

「私の方もこの後少々用がありますので、この辺りで失礼致します。玲奈さん。名残惜しいですが、またの機会に」

「ええ」

玲奈の同級生は降りて来た時とは真逆の順で車に乗り込み、そのまま去って行った。

「悪かったな。俺が出てこなければもうちょっと話せたかもしれないだろ」

車に小さく手を振って見送った玲奈に声をかけると、彼女はふふっと笑った。

「いえ。本当にご用があったのだと思いますよ。真理恵さんは顔に出る方ですから」

「確かにそんな感じだな」

「でしょう？」

そう微笑んだ玲奈は、「行きましょう」と歩き出すのだが、その前に一つ聞いておきたいことがあった。

「さっきの話だけど、転校すること伝える暇も無かったのか？」

「春休み中に決まったことですから」

「それにしたって……個別に連絡とかできたんじゃないか？」

「それも考えましたけれど、どの範囲までお伝えすべきかの判断が難しかったもので」

そもそも転校してくる必要があったのか？　健の父から提案があったのは同居までだと聞いている。転校は必要無かったのではないか。

今まで考えてこなかった。同居の決め手は健の自堕落ぶりだったが、転校の決め手は何だったのだろう。

先ほどの会話からすれば元の学校にも友人が何人もいたようだが、それをリセットしてまで新しい環境に身を投じた理由は何だろう？

それに、玲奈が元いた学校は上流家庭の子どもが集まる場所だ。そこから健の通う普通の高校に転校するメリットはあるのか？　何故天宮《なぜあまみや》の家はそれを許したのか？　そもそも何故健と同居することになったのか？　聞きたいことはいくらでも生まれてくる。

それなのに、それを、こちらを振り返らないままの玲奈に聞けなかった。まるで拒絶されているようだと思えたから。

「健さん。次の場所はどちらですか？」

やっと振り返った玲奈はニコリと笑いながら少し首を倒した。可愛《かわい》らしい表情と仕草だと頭では思うのに、何故か心が反応しなかった。

「ちょっと座ろうか」

「はい」

あの後すぐに辿《たど》り着いた住宅街の中にある広めの公園内は、遊具と砂場がある親子連れ用のエリアと、木々の植えられたエリアに分かれている。健と玲奈は後者のエリアの中で、現在木陰になっているベンチに腰かけた。

「この公園も、健さんがよくいらっしゃる場所なのですか？」

「いや。一回しか来たことが無い」

玲奈が引っ越してきた日、帰宅する気になれなかった健がうろうろしている時に見つけた公園だ。あの頃はまだ桜の花びらが少し残っていた。

「よく来る場所じゃないんだけど、来たかった場所だから許してくれ」

行き場所を考えた時、ここも思い付いた。途中でゆっくりできる場所としてちょうど良いという理由もあったのだが、単に玲奈と一緒に来たかったからではないかと今では思う。

「それは気にしていませんよ。健さんが来たかった場所ということでしたら、私の希望に近いものですから」

微笑《ほほえ》みを浮かべた玲奈が木々を見渡し、空を見上げる。

「もう少し早くに来られたら、お花見ができましたね」

「そうだな」

傍《そば》の木を見上げた玲奈が葉桜に優しい視線を向ける姿は、木々の隙間からの木漏れ日のおかげか、まるで一枚の絵画のようだと錯覚する。

浮かべた微笑みも、品の良い綺麗《きれい》な座り方も、光にかざした手指も。健のよく知る玲奈の姿だ。それがこんなに近くにある。

もっと知りたいと思った。玲奈は、今日は健を知る日だと笑っていたが、やはり健も玲奈のことを知りたい。こんなに近いのにどこか遠い彼女のことを。

だから、健は意を決して「なあ玲奈」と声をかけた。

「転校のことで、何か隠してることあるだろ？」

「いいえ。ありませんよ」

微笑んだ玲奈が小さく首を振った。嘘《うそ》などまるで無いかのように穏やかな表情で、落ち着いた声音。彼女をよく知らない人間であれば、嘘をついているとは絶対に思わないだろう。しかし——

「嘘つけ。玲奈は俺みたいにわかりやすくないかもしれないけど、わかるよ」

だからこそわかる。本当に隠し事が無い時の玲奈は、もっと感情を見せる。

「玲奈と一緒に暮らしてそこまで長くないけど、わかる」

「健《たける》さん……」

一瞬目を丸くした玲奈が僅かに口元を緩め、徐々に眉尻を下げた。

「隠し事をしちゃいけないって話じゃないし、言いたくないならもう聞かない。だけど、もし言えることなら教えてほしい」

「そうですね。少し言いづらいとは思っていたのですけれど、健さんにはお話ししておくべきでしたね。いえ、聞いていただきたいです」

少し困ったような笑顔のままだった玲奈は、ふっと笑って彼女のニュートラル、淑やかな笑みを浮かべた。

「先日、私の価値というお話をしましたよね？」

「ああ」

玲奈が体調を崩した日、その話をしたことは覚えている。

「健さんは私に価値があると……綺麗だと、言ってくださって。本当に嬉《うれ》しかったです」

玲奈が時折見せる、大切な過去を懐《なつ》かしむ優しく温かな表情。そこから少しずつ、温度が失われていく。

「でも、私にはそれがわからなかったのです」

「わからないって、たくさんあるだろ？」

玲奈《れいな》の能力の高さは聞いている。実際にある程度目にした学力と散々世話になり尽くした料理の腕以外にも、語学が堪能《たんのう》で複数のお稽古事でも優秀だと。そして誰が見てもわかる美貌と、それを更に際立《きわだ》たせる洗練された流麗な所作。

彼女の全てに価値を見出《みいだ》すのは健だけではないはずだ。それなのに、玲奈自身はそうではないのだろうか。

「健さんのおっしゃりたいことはわかります。ですが、私の最大の価値はやはり、天宮の娘であること、なのです」

「そんなことは――」

「ありがとうございます。ですが……」

健の言葉を遮った玲奈は穏やかに笑ってから、自嘲とも悲しみとも取れる表情で小さく首を振る。

「お気持ちは本当に嬉しいです。ですが、これは客観的な、世間や周囲全てからの評価の話ですから。そういった方たちは私をどう見るか、私のどこに価値を見出すかと言えば、一つしかないのです」

否定はできない。健だってそうなのだから。入谷家を知っている人間にとっては、入谷『健』ではなく入谷の『息子』であることが重要なのだから。後継者に決まってからは余計にそうで、入谷の『跡取り』として周りの態度がまた変わった。

「天宮家は古くから続くものですから、とにかく顔の広い家です。政財界に影響力のある方々との結びつきも強く、それゆえにコネクションを求めて来る方とまた結びつき、そうやって影響力を強めてきました」

古くから続く名家だという話は聞いていたが、健は単純に家柄の良《よ》い家系としか考えていなかった。

「私はそんな家の娘なのです。ですから、子どもの頃から公式非公式問わず縁談がいくつもいくつも舞い込みました」

眉尻を下げた玲奈がおかしそうに笑う。しかしまったく楽しげな様子は見えず、呆《あき》れているのだと流石《さすが》にわかった。

「知りたくもなかったのですけれど、両親が嬉しそうに、誇らしそうに教えてくれるものですから。私にとってはまったくそんなことはなかったのに」

それではまるで、娘を政略結婚の駒として見ているようではないか。今この時代の考え方とはとても思えず、健は言葉が出ない。

「ただ、この辺りのことは早めに折り合いをつけました。家のおかげで私は恵まれた環境で育つことができたのですから、その代価なのだと」

「そんなこと……」

玲奈は少し恥ずかしそうに笑いながらそう言う。折り合いをつけるようなことではない。そう思うのに、口にしてしまったら彼女の覚悟を踏みにじるように思えて、健は拳を握るしかなかった。

「ですが辛《つら》かったのは、同世代の人間関係までもがそうだったことです。同じような境遇の方が通う学校でしたから、同級生でさえも、もちろん親御さんからそう言われたからなのでしょうけれど、天宮の娘である私と親しくなろうとするのです」

先ほど会った前の学校の友人への対応に壁を感じたのはこれが理由か。

「少し会話をすれば、すぐに家に招待されてご両親を紹介されました。他にも、ご兄弟と私を引き合わせようとするようなことも何度か。そんな風に、私自身ではなく私の後ろばかりを見るような関係が、まっとうな友人関係でしょうか？」

前を向いていた玲奈が、琥珀《こはく》の瞳を揺らしながら健を見つめて首を倒す。澄んだ声を僅かに震わせる。

縋《すが》るような彼女を、初めて見た。握った拳の痛みに気付くのが遅れるほどに、強い感情が胸の中で渦巻く。

「絶対に違う。家のことがあるにしても、玲奈のことはちゃんと玲奈として見るべきだ」

「……ええ。ありがとうございます。そう言っていただけると、本当に救われます」

ようやくそれだけを絞り出すと、玲奈が目を細めて微笑んだ。喜んでくれているのはわかる。ただ、彼女が境遇ゆえに受けた傷を癒《いや》すにはまるで及ばないこともわかってしまう。

「転校を選んだのはそれが理由です。家のことを知られていない環境ならば、私個人を見てもらえるのではないかと、そういった考えでした」

「そういうことか」

玲奈はもう一度前を向き、自嘲めいた笑みを浮かべた。

「だけど、それなら成功だな。ウチの学校なら誰も玲奈を天宮の娘として見ないだろ？」

「そうですね。それは本当に嬉しく思っています。愛《まな》さんをはじめとして皆さん本当によくしてくださって。転校を選んで良かったと思っています」

「なら、良かった」

表情を綻ばせた玲奈の横顔を見て安心した健はベンチに背を預ける。彼女はそんな健を見て「ご心配をおかけしました」と優しく笑う。

「心配って訳じゃなくて、ただ玲奈のことを知りたかっただけだよ」

「そういう言い方も、健さんらしいですね」

「本当にそう思っただけなんだけど」

ふふっと笑う玲奈の視線がくすぐったくて、健は逃げるように視線を逸《そ》らした。

「本当に、転校をしてきて良かったと思っています」

落ち着いた声が聞こえた。健との会話ではなく、恐らく玲奈が一人でこぼした言葉だったのだろう。

横目で窺《うかが》うと、玲奈はベンチに一枚落ちていた緑の葉を摘まみ、木を見上げた。

「健さんのお父様には感謝しなくてはいけませんね」

「父さんが何かしたっけ？」

「同居のご提案が無ければ、私は転校を選べませんでしたから。それに……今の暮らしも無かった訳ですから」

葉をベンチの上にそっと置いた玲奈が表情を緩め、ほのかに頬を染めてしなを作るように少しだけ首を倒した。

「ああ、そうだな」

それを言うのならば、健だって父には感謝しなくてはならない。玲奈との日々は父のおかげなのだから。素直に感謝するのは癪《しゃく》なのだが、流石に感謝の気持ちの方が大きい。

ただやはり、父の顔を思い浮かべると気が滅入《めい》るのもあって、健は少し話題を変える。

「そう言えば、玲奈は何で俺と同居したんだ？」

「健さんのお父様からご提案があったからですよ」

つい今しがたも、以前にも聞いた話だ。だが、健が知りたいのは何故《なぜ》それを受けたのかの方。軽い気持ちで聞いたつもりだった。転校をしたかったのが一番の理由、そんな答えが返って来ると思っていた。

それなのに、玲奈はまたノータイムで、穏やかな表情で、澄み切った声音で答えを返した。それが、健の頭と心を冷やしていく。

考えてみればおかしな話だ。玲奈の家は他者との結びつきで強くなった。彼女の両親は娘の玲奈にもその役割を求めている。それなのに、上流階級の娘が集まる学校から普通の高校に転校させるだろうか？

同居の話も同じようにおかしい。健と婚約するにせよ、実際に結婚するまでは天宮《あまみや》の家に置いておく方が家の目的にも沿うはずなのに、どうして天宮家側は健の父の提案に乗り、健と玲奈の同居に許可を出したのか。実家の入谷《いりや》家に入るということであればともかく、一人暮らしの健の部屋で同居する理由など無いはずだ。

「そうだったな」

玲奈に顔を見られないように大きく伸びをしながらそう応じると、彼女は「ええ」とくすりと笑う。

「だけど同居が本決まりしたのは結構急だったから、色々大変だっただろ？」

「いえ、そうでもありませんよ。手続きにせよ物の手配にせよ、ほとんどは家の者がやってくれましたから」

そう言って玲奈は可愛《かわい》らしく唇を尖《とが》らせた。そう言えばと、引っ越しの時も自分でやりたかったということを言っていたことを思い出す。

「楽できていいじゃないか」

「それはそうなのですけれど。やはり新生活を自分の手で彩《いろど》る経験もしたかったのです」

「これからすればいいんじゃないか？　あの部屋は玲奈の好きにすればいいんだし」

「そうですね。あまり考えていませんでしたけれど、楽しそうです」

胸元で手のひらを合わせた玲奈が言葉通りの表情を見せる。

「それから、リビングとかキッチンとかも、玲奈がカスタムしてくれていいんだぞ」

「よろしいのですか？」

「ああ、もちろん。事前にこうしたいって相談は欲しいけど」

「ありがとうございます、健さん。今はまだ自室をどう変えようかも考え付きませんけれど、いずれご相談させてください」

目を細めた玲奈が少し頬を緩ませ、「楽しみが増えました」と声を弾ませる。

「ああでも、俺はキッチン出禁にされてるから、そっちは相談無しでもいいぞ」

「もう。出入り禁止は私の調理中だけですよ？」

「そうだったか？」

とぼけてみせると、唇を尖らせていた玲奈が口元を押さえてふふっと笑った。

暖かな公園で、しばらくこんな風に取り留めのない話をしていた。ただその間、健《たける》は聞きたいと思っていたことを口に出さなかった。

踏み込めばもしかしたら教えてくれたかもしれないが、その勇気が無かった。一つ思い付いた考えはそうであってほしくないもので、玲奈にはとても聞けなかった。


公園を出た後、健が普段立ち寄る店を二つ案内し、予定通り夕方前の帰宅となった。

「今日はありがとうございました。とてもためになりましたし、何より楽しかったです」

「こっちこそ楽しかった。詫《わ》びを受けてくれてありがとう」

満面の笑みで会釈《えしゃく》をする玲奈にそう伝えると、「あ」とはにかみを見せる。

「そう言えば、お詫びでしたね。忘れていました。私としてはデ……」

「ん？」

言葉を切った玲奈《れいな》を窺うと、何故か目を丸くして顔を朱に染めていた。

「暑いのか？」

「あ、そうですね。外を歩いてきましたので、少し温まったのかもしれません。部屋に戻って着替えをしてきます」

「ああ。じゃあ、また後でな」

「はい。また後ほど」

綺麗《きれい》な一礼をした玲奈がそのまま部屋に入るのを見送り、健も自室に入りスマホをポケットから取り出した。

「さて」

ベッドに腰掛けて電話帳から目的の人物の番号を呼び出して息を吐く。指を動かし通話を開始しようとする行為を四度繰り返し、ようやくコールボタンを押した。

『私だ。何か用か？』

電話に応じるだろうかと心配をしていたが、むしろ覚悟を強める間も無くコール音は止《や》み、電話の向こうから重く低い声が聞こえた。

「急に電話をしてすみません。今、少しお時間を貰《もら》えますか？」

『……まあ、いいだろう』

公園で玲奈に聞けなかったこと。それを尋ねるのに最適な相手がいる。それが健の父、入谷義治《よしはる》だ。

「ありがとうございます。一つお聞きしたいことがあります」

『答えられるかは質問によるが、とりあえず言ってみろ』

「はい。俺と玲奈、さんとの同居に関して。どんな裏があるんですか？」

『裏か。どうしてそんなものがあると思うんだ？』

電話の向こうからごく小さくだが笑う声が聞こえた。その後の口調も、少し重苦しさが無くなった印象だ。

「単純です。先方にメリットがありません」

健が公園で考えたこと。転校はもちろんだが、同居についても天宮家の得になることが思い当たらない。それを父に伝えると、電話の向こうからふっと笑う声が、今度ははっきりと聞こえた。

『そこまで思い付いているのなら何かしらの推論はあるのだろう？　どう考えている？』

「一見メリットが無い話を受けるということは、別のメリットがあるか……もしくは弱みを握られているかのどちらかです」

『安心しろ。天宮の弱みを握っているなどということは無い。握れるのなら握ってみたいものだが、あの家相手にそんなことをしては後が怖い』

健にとって最悪の想像を否定した父は、電話の向こうでくっと笑う。

「では、どんなメリットを用意して……いえ。わざわざ用意してまで、俺と玲奈さんを同居させた理由は何ですか？　どうしてそんな必要があったんですか？」

『そうだな。その前に健。そもそも婚約の段階を疑問に思わなかったのか？』

「どういうことですか？」

『自分の兄たちに婚約者がいたかどうか覚えていない訳ではないだろう？　何故お前にだけ、しかも高校生という早いタイミングで婚約者が宛《あ》てがわれたと思う？』

「それは……」

『あんなことがあった後だ。分家も後継の椅子を狙っている。そこに健個人を後継者に据えるといったところで大人しくはなるまい。だが、天宮の後ろ盾がある健ならばどうだ？』

頭を殴られたような衝撃とはこのことを言うのかと、現実逃避のような思考が巡る。ベッドに座っていなければ崩れ落ちていたのではないかと思うくらいに、天地がわからない。

「…………それは、つまり……俺が頼りないから。そういうことですか」

『勘違いをするな。お前がまだ高校生だからだ』

何とか声を絞り出すが、返って来たのは淡々とした声だ。

「でも！　もし俺が兄さんだったらそんなことには――」

『いなくなった人間のことを言っても仕方あるまい』

電話の向こうで父が息を吐くのが聞こえる。

『とにかく。外部に向けた発表はまだ当分先だが、親族には健を後継者にすることも、玲奈君との婚約のことも通達してある。当然だが、誰も反対はしなかった』

父がふっと笑う声が随分と遠く感じる。

『まあ、天宮側の条件はかなり飲んだが、結果的には会社の安定と天宮とのパイプが得られたのだから、先のことを考えれば悪くない』

「そんなことのために、玲奈は俺と結婚しなければならないんですか？」

健に親族を納得させるだけの力があれば、玲奈は健と婚約せずに済んだというのに。

『……あの家に生まれた以上、元から玲奈君に婚姻の自由は無かった。お前が気に病む必要は無い』

「そういう話じゃない！」

思わずベッドに拳を叩《たた》きつけるが、相変わらず父の声は冷静そのものだ。

『それはお前の感情の話だ。事実とは分けて考えろ』

言葉に詰まった健をよそに、電話の向こうからまたふっと笑う声がする。

『だがまあ、腑《ふ》抜《ぬ》けは多少直ったようだな。同居を頼んだ甲斐《かい》もあったようだ』

「……どういう、ことですか？」

『健が最初に知りたがっていた同居の理由だ。優秀な玲奈君を身近で見て学べと言ってあっただろう？　その言葉通りだ』

「ああ……それがそのまま、理由だったのか」

それを聞いた時には、単なる叱咤《しった》程度だろうと思っていた。しかしそうではなかった。

婚約も同居も、どちらも健が不甲斐無《ふがいな》いから決まったことだと。その事実に体から力が抜ける。父の声はもう聞こえない。

「情けない」

そう呟《つぶや》いた自分の声すら、随分遠くに聞こえた。

あれからどれだけ時間が経《た》ったのかまったくわからずにいたが、コンコンとドアをノックする音が健を現実に引き戻した。

「……………悪い。着替え中だからそのまま頼む」

普段ならドアを開くが、ベッドに座ったまま、俯《うつむ》いたままで応じた。今の顔を見せられはしない。自分でもどんな顔をしているかわからないのだから。

「……わかりました。そろそろ夕食の支度ができますのでお越しください」

「了解」

着替えを済ませて部屋を出ると、玲奈がそこで待っていた。彼女の方はとっくに着替えを終えていたのだろう、日中纏めていた髪を下ろしている以外は普段通りのスタイルだ。

「どうかしたか？」

「少しお疲れのようでしたから、お迎えに来ました」

「……ありがとう」

「どういたしまして」

微笑《ほほえ》んだままの玲奈は、健の様子に気付いているはずだ。気遣ってくれる彼女の思いやりが、今は辛《つら》い。

「食事の後、ちょっと時間くれるか？」

「はい。わかりました」

顔を見られず、健は玲奈の返事を聞いてそのまま歩き出した。

その後の食事の最中、玲奈は明るかった。健も同じように明るく振る舞ったつもりだったが、恐らくできてはいなかっただろう。

美味《おい》しいと感じたはずの食事の記憶がまるで残らないまま、健は玲奈を伴ってリビングのソファーに腰掛けた。彼女の希望で隣り合って。

「父さんから全部聞いた。同居の理由も、婚約の理由も」

「そう、なのですね」

玲奈は少しの間心を痛めたような表情をしていたが、気遣わしげにこちらを窺《うかが》って何かを言おうとしてくれていた。

「ごめん」

「え?」

その言葉が綺麗な唇を通って出てくる前に、深く頭を下げる。謝っても何かを変えられる訳ではないが、健には謝ることしかできない。

「俺が不甲斐無いから、玲奈は俺と婚約することになったし、同居することにもなった。俺がちゃんとしてれば、玲奈の人生にこんな取り返しのつかない影響は無かった」

天宮《あまみや》の娘として生まれた時から、玲奈が家のために嫁ぐことは決まっていた。父はそう言った。だがそれでも、玲奈はもっと条件の良《よ》い相手と婚約をしたかもしれないのだ。自分の家の後継者とすら認めてもらえないような情けない男などとではなく。生活の世話をさせた挙句、過労でふらつかせるようなことも無かったはずだ。

しかもだ。健《たける》はそんな玲奈に対して婚約を嫌がる姿を何度も見せてきた。その時の彼女は、どんな気持ちだったのだろうか。

「ごめん」

「健さん。顔を上げてください」

もう一度、より深く頭を下げた健に、玲奈がかけてくれたのは優しい声。

きっと玲奈は健を責めないだろう。だからこそ、顔を上げるのが怖い。彼女の優しさに縋《すが》ってしまうだろう弱い自分が怖い。

「謝っていただく理由がありませんよ。私が家のために嫁ぐことは元々決まっていたことなのですから」

顔を伏せたままの健に、玲奈も父と似たようなことを言う。理屈で言えば確かにそうなのかもしれない。どうしても認められないのは健の感情論だ。

「少し、お話をしてもよろしいでしょうか？　できれば健さんのお顔を見ながらが良いのですけれど、お願いを聞いてくださいますか？」

「……ああ」

気を遣ってくれた玲奈に、覚悟を決めて顔を見せる。きっと情けない顔をしている。

それなのに、玲奈《れいな》はそんな健に「ありがとうございます」と慈《いつく》しむような微笑みを向ける。礼を言ってもらえる理由など一つも無いのに。

「今日、公園でもお話ししたことですけれど、昔の私は天宮の娘としてしか見られないことに嫌気がさしていました。昔の私が引っ込み思案だったことも、今思えばこのことが理由だったのではないでしょうか」

少し眉尻を下げながらも、玲奈はどこか楽しそうにふふっと笑う。

「そんな頃です。健さんと初めてお会いしたのは。嫌々出席したパーティーの席で、健さんは大人たちに囲まれていた私を連れ出してくれたのです。その時、何と言ったか覚えていますか？『トイレはどっちにあるかわかる？』です」

まだ幼い頃とは言え、あまり格好の良いセリフではないと思うのだが、玲奈は大切な思い出を愛おしむように笑みを見せる。

「気を遣ってくださったことはすぐにわかりました。健さんは聞いておきながら、お手洗いに行こうとはしなかったのですから」

「後で行くつもりだったんじゃないか？」

「健さんのそういったところは、昔から変わっていませんね。その日は最後まで一緒でしたけれど、健さんはずっと私の隣にいてくださいましたよ」

くすりと笑った玲奈が優しく目を細める。

「とは言っても、最初の内は私も警戒をしていたのです。ただ、健さんはあまりにまっすぐでした。疑っていた自分が恥ずかしくなるほどに。それからは、パーティーでお会いするたびに私は健さんにべったりでした」

昔の自分はこんなことを言ってもらえるような人間だったのだなと、今の玲奈を笑顔にすることがまだできるのだなと、誇らしい気持ちが少し。それらを失ったことへの寂しさが少し。そしてやはり、情けなく思う。

「料理を習うきっかけを貰《もら》えたように、その他でも様々なことで、あの頃の健さんは私に前を向かせてくれました。生まれた家は変えられませんけれど、せっかくなのだから与えられた環境を活《い》かそうと思えるようになりました」

「公園で言ってた、折り合いをつけたってそういうことだったのか」

「ええ」

前を向いた玲奈がその後どうだったかは、今の彼女が示している。健と玲奈が会わずにいた間、健が前を向けずにいた間、彼女が過ごした日々の結晶が今の玲奈だ。

「折り合いをつけましたので、家のために嫁ぐことも受け入れました。ですが、そのお相手が健さんに決まった時にはやはり嬉《うれ》しかったです。ですから、健さんが謝る必要は本当に無いのですよ。むしろ私は感謝しているのですから」

「だけど、玲奈ならもっといい相手がたくさんいたはずだ。なのに俺みたいな情けない奴《やつ》なんかで……」

「好条件のお相手はいたのかもしれませんけれど、私が嬉しかった気持ちは本当ですから。婚約者が健さんで良かったです」

優しく微笑んだ玲奈は、「それに」と形の良い眉を僅かだけつり上げた。

「健さんは情けなくなんてありません」

「……ありがとう」

自分を情けなく思う気持ちは変わらない。それなのに、健のために真剣な想《おも》いを伝えてくれる玲奈の言葉が、すっと胸に沁《し》みていく。

「うちのお家騒動について、話をさせてほしい」

玲奈の知らない健のこれまでを、彼女に聞いてもらいたい。こんなことになってしまった経緯を伝えて、もう一度謝りたい。

「はい。聞かせてください」

微笑んで頷《うなず》く玲奈に頷き返し、健は口を開く。自分の奥深くに押し込めていた記憶を取り出すように。

「俺には兄が三人いてさ、一番上の兄さんは十二歳離れてた。間の兄貴二人は九歳と七歳ずつ。で、兄貴たちも優秀だったんだけど、兄さんは更にずば抜けて優秀だった」

語り始めると、自分でも驚くほど鮮明に記憶が蘇《よみがえ》ってくる。記憶にかかっていた靄《もや》は、健自身の心の内から発生していたようだった。

「兄さんは特にそれを鼻にかけることも無く俺たち弟に優しくてさ、自慢の兄さんだった。だけど兄貴たちはそれが許せなかったらしい。兄さんの優しさは強者の余裕、いや、驕《おご》りだって。弟たちなんて眼中に無いって……敵愾心《てきがいしん》を露《あら》わにしてた。だけど兄さんは変わらず優しくて、兄貴たちは余計に気に食わなかったみたいだ」

優しい兄だったのは間違いない。それなのに、今掘り起こした記憶の中の長兄は、不思議と冷たい顔をしている。自分自身の記憶に無意識で補正をかけているのはわかるのだが、思わず言葉に詰まった。

ちらりと玲奈を窺うが、落ち着いた微笑みを浮かべた彼女は何も言わずに健を見つめていた。慌てなくていい、そう言ってくれているようだと思えた。

「小さい頃の俺は兄貴たちが言うようなことに気付かなかったし、優しい兄さんだと思ってた。無邪気に将来に思いを馳《は》せて、兄さんたちと一緒に父さんの会社を盛り立てるんだって、前だけを見てた」

玲奈に良い影響を与えることができた健は、きっとこの頃の健だ。この頃は純粋で、まっすぐでいられた。

「だけどある日兄さんが言ったんだ。一言一句覚えてる。『健。会社のことは俺がいれば問題無いから、健は好きな道を選んでいいんだ。父さんもそう言ってくれてるから』って。信じていたものが全部崩れた気分だった。俺なんて要らないんだって。立ち直れなかったよ。それで結局、俺はドロップアウトを選んだ」

今となってはわかるのだ。幼い頃から家業を手伝うことしか考えていなかった健にこう言ってくれたのは、兄なりの優しさだと。ただ、当時の健はその優しさを求めていなかった。一緒に頑張ろう。期待してるぞ。望んでいたのは、欲しかったのはそんな言葉だ。

「それからずっと、俺は下を向いて生きてきたんだろうな。父さんも母さんも、当然跡継ぎは兄さんとしか思ってなかったから俺には甘かったし、いい機会だからって高校入学と同時に家を出て、いや、逃げ出して。結局、こんな有様《ありさま》だ」

本当に情けない。玲奈は健のおかげで前を向けたと言ってくれた。それなのに当の健がずっと下を向き続けている姿など、見たくなかっただろう。

「健さん。顔を上げてください」

いつの間にか顔を伏せていた自分自身に、言われるまで気付きもしなかった。

「お話を聞かせてくださってありがとうございます」

ゆっくりとだが顔を上げると、玲奈の優しい微笑《ほほえ》みが待っていた。

「健さんは今、少しお休みをされているだけです」

「休んでる？」

「はい。健さんは変わってしまったと、久しぶりにお会いした時には思いました。ですが、それは間違いでした。人を思いやれるところも、まっすぐなところも。本質的なところは昔と同じ、健さんは素敵な方です。この家で一緒に暮らすようになって、それを本当に実感しています」

健のことをまっすぐだと言ってくれた玲奈が、まっすぐな言葉を健に届けてくれている。優しく少しだけ目を細め、綺麗《きれい》に整った唇で緩やかな弧を描いて。

「今のお話の中でも、健さんは誰かを悪く言うでもなく、ただご自分を責めていました。それは健さんらしさであるのと同時に、健さんが現状を変えたいという気持ちの表れなのではないでしょうか？」

「……………ああ、そうだったのか」

微笑んだままそっと首を倒して尋ねる玲奈の言葉は、健が今まで明確にできなかった感情に形をくれた。パズルのピースが埋まるように、切れた線が繫《つな》がるように。自分が何を消化できずにいたのかが、ようやくわかった。

「健さん？」

「さっきの話の続き、していいか？」

「はい。もちろんです」

優しく目を細めて頷いた玲奈に「ありがとう」と返し、健はもう一度記憶と思いを呼び起こす。

「俺が腐った後も兄貴たちは兄さんに対抗してたらしい。それで結局反旗を翻《ひるがえ》すことを選んでクーデター起こして、ってか起こそうとして失敗して。大事な弟に裏切られた兄さんが周りを信じられなくなって家を出て、色んなことのお鉢が俺に回ってきた」

逃げようかと何度も思った。しかしできなかった。あの時の健には家の力を頼らず生きていける自信が無かった。

それに、健が放り出してしまえば次に待っているのは分家間での跡目争いだ。そうなればもう会社の信用は地に堕《お》ちる。父からそう言われ、仕方なく選んだ道だ。

「俺の気楽な人生計画は完全に崩壊してさ、面倒なことしやがってって、兄貴たちに対して思ったよ。でも不思議と嫌いにはならなかったし、思えば怒りも無かった」

血を分けた兄弟だからかと思っていたが、そうではなかった。

「その理由がやっとわかった。俺は悔しかったんだ。兄貴たちみたいに、兄さんに対して怒りを持てなかったことが。眼中に無い扱いされたことにショックだけ受けて、反発しようと思わなかったことが。まあ兄貴たちもやり方は選べって今でも思うけどな」

思わず苦笑が漏れた。いまだ嫌いになれないが、それでも様々な問題を抱えていた兄たちに対しても。そしてずっと燻《くすぶ》っていた自分にも。笑って済ませられることでもないと思うのだが、何故《なぜ》かすっきりした気分だ。

謝るつもりで話し始めたのに、胸の内は感謝でいっぱいだ。

「ありがとう、玲奈。気付けたのは、全部玲奈のおかげだ」

「どういたしまして。と言いたいところなのですけれど」

玲奈はそっと首を振り、優しく微笑んだ。

「私は昔の健《たける》さんから頂いたものを少しお返ししただけです」

「それは玲奈のおかげって言わないか？」

「いいえ。私はただお傍《そば》にいただけですから」

そう言って玲奈はどこか楽しそうにふふっと笑うので、健も「まあいいか」と笑った。

「でも、嬉しい気持ちを伝えるために言う言葉だってのは玲奈から教わったからな。ありがとう、玲奈」

「はい。どういたしまして、健さん」

健は少し休んでいただけ。玲奈《れいな》はそう言ってくれた。しかし実際には何年もだ。あれから年齢を重ねて、知ったことも増えた。きっともう、玲奈が知っていた健には戻れない。それでも――

「俺はもう、下を向くのはやめる」

玲奈が言ってくれたような良さが今の自分にあるのだとしても、数年立ち止まっていた健には足りないものがたくさんある。

「新しい自分になったつもりで、頑張る……いや、新しい自分になってみせるから、玲奈に見ていてほしい」

「はい。見るなと言われても見ているつもりですよ」

そう言ってふっと笑った玲奈が少しだけ首を倒す。そんな流麗な仕草を普段ならば綺麗だと思うのに、今はとても可愛《かわい》らしく見えてドキリとし、健は誤魔化すように肩を竦《すく》め軽口を叩《たた》く。

「ずっと見てられるのも、情けないところ見られそうで困るな」

「健さんに情けないところはありませんよ」

そんなことはないのだが、きっとまた押し問答になるだろう。

それに、こう言ってくれる玲奈に少しだけでも格好をつけたかった。

「どうかしましたか？」

今の自分にもそんな意地が残っていたのだなと、自分自身に驚いて笑ってしまった健に、玲奈が優しく笑って首を傾《かし》げた。

「いや、なんでも」

「健さんがそうやって笑う時は、『なんでも』ではない時ですね」

隣の玲奈がくすりと笑いながら少し健に顔を寄せる。

（あれ。こんなに近かったか？）

話を始めた時は、普段と同じくらいの距離だった。それが今は、少し体を動かせば肩が触れてしまうかもしれない距離だ。今まで気付かなかったが、意識すると玲奈の香りが鼻《び》腔《こう》をくすぐる距離。

「健さん？」

「いや、なんでも……あ」

「また『なんでも』ですね」

つい癖で言ってしまった言葉に、玲奈が口元を押さえてふふっと笑った。

ただ、それ以上追及はしてこない。玲奈のことだから、健の誤魔化しが悪いことではないとわかるのだろう。

「しかし、俺ばっかり感情が筒抜けなのは不公平だよな」

「私だって全てがわかる訳ではありませんよ」

「そうは言ってもな」

眉尻を下げて笑う玲奈の顔を見つめても、楽しそうだな程度しかわからない。当たり前と言えば当たり前だが。しかし——

「健さん？」

ぱちくりとまばたきをした玲奈が長いまつ毛を少し揺らす。こんなに近くでじっくりと見ることのなかった琥珀《こはく》の瞳には、吸い込まれそうな魔力があるように思えてならない。

じっと見つめ続けていると、最初は笑っていた玲奈が目を逸《そ》らし、頬を赤らめた。

「恥ずかしがってるな」

「あ、当たり前です。こんなに近くで見つめられれば、恥ずかしいに決まっています」

形の良《よ》い眉をほんの少しつり上げ、玲奈が僅かに琥珀の瞳を揺らす。その表情も、しっとりとした唇が尖《とが》っているのも、怒りが理由でないことはわかる。

「そう言えば、何でお互いこんなに近いんだ？」

「……どうしてでしょう？」

赤い顔の玲奈はきょとんとして首を傾げた。

お互いの位置を見てみれば一目瞭然だ。当初ソファーの中央より向こうにいた玲奈が、今こちら側にいる。健の場所は変わっていないのだから彼女が動いたのだが、本人は無自覚であるらしい。

「ありがとうな」

「何が、でしょうか?」

情けなくて消えてしまいたいくらいだった健を思って、玲奈は近くに来てくれたのだろう。それも無意識に。だから、ありがとう。それをもう一度心の中で告げる。

「なんでも」

「またなのですね」

「ああ」

くすりと笑った玲奈と視線を絡《から》めたままでいると、まだほんのりと温かい頬に、新しい朱色が注がれた。

「また恥ずかしがってるな」

「もう」

「見られるの、慣れてると思ったんだけど」

ふいっと顔を逸らした玲奈に合わせて健もソファーに背を預ける。

「慣れているとは思いますけれど、こんなに近くでまじまじと見られることはそうそうありませんし、何より健さんですし」

愛《まな》をはじめとするクラスの女子たちに顔をじっくり見られ、「可愛い」「どんなケアしてるの？」「おかしい」「不公平」などと言われる場面を何度か目撃している訳だが、男の健に見られるのはやはりまた違うのだろう。

（料理してるとこも見るなって言われたしな）

あの時も今も、顔を赤らめた玲奈が唇を尖らせた姿は同じだ。普段大人びた彼女が少し幼く歳《とし》相応に見え、それがとても可愛らしい。

「これからはもっと見るから覚悟しといてくれ」

綺麗で、そして可愛らしい玲奈を見ていたい。

それだけではない。柑橘《かんきつ》類が好き。ミステリ小説のネタバレ要素がある宣伝が嫌い。自分のことは自分でしたい。近くで見られるのは恥ずかしい。公園で話してくれた家のこと。そんな風に、玲奈の好きなことと嫌いなこと、彼女の過去と現在、そして未来を。もっと知っていきたい。

「え？」

そういうつもりで口にしたのだが、玲奈は違った捉え方をしたようで、目を丸くして顔を更に赤くする。

「いや、近くでまじまじ見るって意味じゃなくてだな……ってか近いままだったな」

誤解を解こうと慌てて腰を浮かせると、ソファーについた左手にやわらかなものが触れた。温かなそれがそっと健の左手に重ねられる。

「近くで見られるのが恥ずかしいとは言いましたけれど、離れてくださいとは言っていません」

「そう、だったな」

変な誤解をされては困ると思っただけで、健だって離れたいとは思っていなかった。だから玲奈の言葉に素直に頷《うなず》いてすぐに腰を下ろす。

手は重ねられたまま。それをわかっていながら、健は指摘しなかった。

「一応言っとくと、見るっていうのは玲奈のことをもっと知りたいって意味だからな」

「私のことを知りたい、ですか？」

「ああ。たとえば今日教えてくれたネタバレしてくる帯が嫌いとか。あとは手間がかかっても自分のことは自分でしたいとか。そういうの」

「改めて言われると、簡単には思い付きませんね」

「別に教えてくれって言ってる訳じゃないからな。これからの生活の中で見つけてくって宣言だから」

そう伝えると、眉尻を下げた玲奈がぱちくりとまばたきを一度見せ、ふふっと笑った。

「私自身よりも健さんの方が私に詳しくなってしまいそうですね」

「どうだろうな？」

健自身自己評価が苦手なこともあって、玲奈の方が健のことを色々とわかっているのではないかと思う時がある。

「ですが、そうなれば嬉《うれ》しいです。健さんに私の価値を見つけてほしいですから」

「任せとけ」

「頼りにしています」

少し首を倒して微笑《ほほえ》む愛らしい玲奈を前に、健は少し大げさに頷いてみせた。

あれから取り留めの無い会話を続けている間に、いつのまにか重なっていた手を繋《つな》いでいた。玲奈も途中で気付いて頬を染めていたが、健は敢《あ》えて何も言わなかったし、意識していない風を装《よそお》った。できていたかはわからない。

話し始めてから時計の長針が一周二周、三周目に差し掛かる頃、隣の玲奈の反応が鈍くなった。様子を窺《うかが》うと、彼女はソファーに背を預けて目を閉じていた。規則正しく胸元が上下しており、静かな室内でごく小さな呼吸音も聞こえる。

今日はそれなりに歩いたし、朝夕の食事の準備もあった。それにかつての同級生と会ったり健《たける》に気を遣ったりと、大変だったはずだ。

（五分くらいしたら起こすか）

明日も祝日で休みだが、疲れを取るのならしっかりベッドで眠った方がいい。

五分待つことにしたのは、それまでに目を覚ますのなら良しという気持ちと、もう少しこうしていたいという自身の願いからだ。

眠り姫だと、そんな恥ずかしいことを思ってしまうくらいに玲奈が綺麗《きれい》だ。

繫いだ手は少し緩んでいるものの、解けそうにない。解くつもりもないのだが、眠ってしまった玲奈がまだ健と手を繫いでいてくれることが嬉しい。これは偶然なのだろうが、そう思ってしまうのだから仕方がない。

「玲奈」

名前を呼んで、改めて思う。

健は玲奈に恋をしている。

始まりは多分、もっと前だったのだろう。それでも今日、明確にそれを自覚した。

これからの自分を見てほしい。そして同じように、これからも玲奈《れいな》を見ていたい。

「証明するから」

玲奈が認めてくれた入谷《いりや》健の価値を。そして、玲奈の価値も。

そう誓ってから、健は玲奈の華奢《きゃしゃ》な肩にそっと触れた。

◇◇◇

「昨日に引き続き時間を取っていただきありがとうございます」

翌日、健は午前中から実家を訪れた。

「構わない。それで、用件は？」

通された書斎で机の向こうにいる父と対面した。身長はもう追い越したはずだ。それに父は座っている。目線の高さは健の方が上なのに、見下ろされている感覚がしてならない。

ただ、もう臆してはいられない。下は向かないと決めたばかりだ。

「単刀直入に言います。玲奈との婚約を解消させてください」

「……何だと？」

「もう一度言います。玲奈との婚約を解消させてください」

「マシな顔になって帰ってきたかと思えば、気がふれただけか。あまり失望させるな」

眉をひそめて呆《あき》れたように吐き捨てる父に怯《ひる》まず、健は言葉を継ぐ。

「失望されては困ります」

「何を言っている？」

「昨日の電話で話しましたよね？　相手にメリットの無い案を飲んでもらう時には、別のメリットを提示するか、脅すか」

「私を脅すと言うのか？」

「脅せたら楽だったんですけどね」

脅迫材料が無い訳ではない。健が後継者としての立場を放棄すると言えば、二度目のお家騒動が起こり会社は無事では済まない。個人資産は残るにしても、父が今まで築いてきたものは一気に崩れ去るだろう。

もちろん、そこで働く人たちにかかる多大な迷惑を考えれば、この札を切るつもりは無い。それにこの策では健の望みが叶《かな》わない。

「では別のメリットを提示しようというのか？」

「はい」

「それは何だ？」

「俺です」

「何？」

できるだけ自信に満ちて見えるように言い切った健を前に、父は口を開けたままの状態だ。先ほどの呆れた様子とは違い、面食らっているようで少し間抜けに、人間味が見える。

「どういうことか説明をしろ」

「もちろんです」

普段の鋭い表情に戻した父に、健は大きく頷いてみせる。

「父さんは昨日、俺を後継者に据えるだけでは親族を納得させられないと言いました。逆に言えば、俺が実力を示せれば玲奈との婚約は必要無いはずです」

「それはその通り、だった。だが現実に婚約の話が纏《まと》まっている以上、その仮定に意味は無い。そのくらいのことはわかるだろう」

「はい。ですから、ここからが提案です」

「何？」

怪訝《けげん》そうに眉根を寄せた父に、健は自分の考えをぶつける。

「父さんは俺の成長を促すために玲奈と同居をさせました。それはつまり、俺の成長に価値があるということです」

「……続けろ」

「父さんが考えているラインがどこかはわかりませんが、それを大幅に超える成長ができれば、天宮《あまみや》家とのパイプ以上の価値を生み出せれば、玲奈との婚約を解消するだけの理由にはなりませんか？」

健はまだ社会を知らない。この提案が夢物語にすらならないのかという不安はある。それでもこれを言わなければならない。

「お前に投資をしろということか？」

「近い形にはなります。ただ、ある程度の結果を見て判断してください。父さんの期待に応えられないと判断されたら、この提案を無かったことにしてもらって構いません」

「あの天宮との婚約解消だ。詫《わ》びをするとなれば損失は甚大《じんだい》になるが、お前はそれ以上の価値を生み出してみせると言うのだな？」

「目指すところはそれよりも更にです。今回の婚約で発生する天宮家のメリット、その全てと釣り合うくらいの価値が欲しいです」

呆れられることは承知の上で、より多くを望む。

「お前は、どれだけ異常なことを言っているかわかっているのか？」

「俺の最終目的は、玲奈と婚約解消をして、玲奈に次の婚約者が宛てがわれないよう、自由にすることです。だからそのくらいはできないといけないんです」

「は？」

「今回の婚約でウチが差し出す分全部で、玲奈の人生を買い取るイメージです。嫁に出す代わりに自由にしてもらう訳です」

昨日あれから考えたことだ。玲奈の価値を証明するにはどうしたらいいか。彼女が何をしても家の名がつきまとうのなら、答えは簡単だ。家から解き放てばいいのだ。名家の娘ではない、ただの玲奈にしてしまえばいい。

「……頭のおかしい話だが、理屈としては理解した」

「ありがとうございます」

「だが、その話でお前に何のメリットがある？　お前自身、玲奈君を憎からず思っているだろうに」

「はい。女性として好意を抱いています」

自分の父親にこんなことを言う日が来るとは夢にも思っていなかったが、自分でも不思議なくらいに堂々と言い放ってみせた。

父はまたも面食らったような顔を一瞬だけ見せたが、すぐに厳しい雰囲気を纏い直す。

「だとしたら何故《なぜ》だ？　このままならば玲奈君はお前の妻になるんだぞ？」

「それは家が決めた結果でしょう？」

玲奈の価値を証明するため。そして健の願いを叶えるためには、それではダメなのだ。

「俺は、玲奈に俺を選んでほしい。家に決められた婚約者だから結婚するのではなく、自由になった玲奈に、それでも俺を選んでほしい」

天宮の娘としての義務から離れ、自由になって自分自身の価値を認めた玲奈は、きっとどこへでも行ける。だがそれでも、そんな彼女にこそ健の隣を選んでほしい。

「……私の息子は、思っていた以上の大馬鹿のようだな」

長いため息をついた父が、額に手を当ててから呟《つぶや》くような声を出した。呆れていると言いたげな口調と態度ではあるが、僅かに覗《のぞ》く口元は笑っているようにも見える。

「まあ構わんか。やってみるといい」

少し長い息を吐いた父は、大きく肩を竦《すく》めた。

「認めてくれるんですね？」

「勘違いをするな。挑戦をするのは自由だが、結果が伴わなければ婚約解消は認めない。ほぼ不可能な話ではあるが、失敗に終わろうと結果として健が多少でも成長するのなら構わない。どう転ぶにせよ結果的に私に損の無い話ということだ」

「ありがとうございます」

「礼を言うのが早いな」

何を馬鹿なことをと切り捨てられる覚悟で来たのだから、十分な前進だ。

それに、おかしそうに笑う父の顔を初めて見た。推測でしかないが、多少なりとも健に発破をかけるような言い方をしてくれた気もしている。

「それで、話はこれだけか？」

「はい」

頷《うなず》くと、父は椅子の背もたれに体重を預けて「そうか」と言ってふっと息を吐いた。

「せっかく帰って来たんだ、昼はこちらで食べていけ」

「すみません。玲奈に昼までには帰ると言って出て来たので、今日は帰ります」

「お前は……」

あっけに取られたように口を開けた父だったが、すぐに表情を元に戻し、そうかと思えばふっと笑った。ほんの小さくではあったが。

「もういい。あまり待たせるなよ」

「はい。ありがとうございました」

「また、別の機会に飯でも食べに来い」

頭を下げた健に届いた小さな声に「はい」と応じると、父は椅子を回転させて背を向け、払うように手を振った。

「おかえりなさい。健《たける》さん」

「ただいま、玲奈」

父と話し合うという目的があったことも大きな要因だとは思うが、久しぶりの実家に健は随分緊張していたようだと今さらながらに実感する。

やわらかく微笑《ほほえ》む玲奈に出迎えられた安堵《あんど》で、いい意味で力が抜けていく。

「良《よ》いお話ができたようですね」

「ああ」

玲奈には「父さんと話してくる」としか伝えていなかったが、「応援しています」と優しく送り出してくれた。

「お食事は普段通りの時間で構いませんか？」

「ああ、ありがとう」

いつもと変わらない会話を交わした後でもそのまま視線を外さずにいると、玲奈がほのかに頬を染めた。

「近くでじっと見る訳ではないと、昨日言っていませんでしたか？」

呆れたように言いながらも、表情はやわらかなまま。

「昨日と比べたら近くないだろ？」

「き、昨日が近すぎたのです」

互いに朝から触れなかった昨夜のことを蒸し返すと、玲奈《れいな》は眉尻を下げて一歩後ずさる。

その仕草さえも絵になる綺麗《きれい》さだ。

「もう。何かあったのですか？」

「なんでも」

「そうですか」

口元を押さえた玲奈がふふっと笑い、「健さん」と優しく名前を呼ぶ。

「お食事の支度ができましたらお呼びしますね」

「ああ……いや」

頷いた後で首を横に振ると、玲奈がきょとんと首を傾《かし》げた。

「せっかくだから玲奈が料理してるとこ見せてくれよ」

「……もう」

頬の色付きを濃くした玲奈は逸《そ》らした視線をちらりと戻し、「今日だけですからね」と可愛《かわい》らしく口を尖《とが》らせて、そのままキッチンへと歩いて行ってしまった。

支度を済ませてキッチンへ向かうと、エプロン姿の玲奈が鍋の前に立っていた。

「本当に今日だけですからね」

後ろ姿の玲奈は、料理のために髪を纏めているので耳がよく見える。赤く染まった耳が。

「ああ」

頷いて腰を下ろすと、小さな笑い声が聞こえた。

「健さん」

「ん？」

「私は恥ずかしいのを我慢してお見せするのですから、格好良い健さんを、たくさん見せてください」

「ああ」

振り返って温かな微笑みを見せてくれた玲奈に大きく頷いてみせる。

「昨日も言ったけど、これから頑張るから」

きっとこの笑顔のためならば、健は何だってできるだろう。そう思えた。

# あとがき

はじめまして。もしくはお久しぶりです。水棲虫《すいせいむし》です。

このたびは『現実離れした美少女転校生が、親の決めた同居相手で困る』をお手に取ってくださり、誠にありがとうございます。

Ｗｅｂからの書籍化だった前作と違い、今作はゼロからの書き下ろしです。

ろくなプロットも練らずに書きたいように書いていたＷｅｂ小説とは異なり、編集部の承認を受けたプロットを元に書き下ろす小説執筆は、当初あまり上手《うま》くいきませんでした。

プロットの詰めが甘すぎたせい（そもそもプロット作成段階で転んでばかりでしたが）です。自業自得《じごうじとく》ですね。

増えない文字数に反して減っていく作業日数など、苦心したことはたくさんあるのですが、あとがきのページ数が無いのと、そもそも楽しい話ではないので別の機会に。

この作品はその中で、自分の好きなこと得意なことを貫こうという開き直りによって書き上げました。締切《しめきり》ギリギリでヒーヒー言いながらでしたが、結局は楽しかったです。

それではここからは謝辞を。

担当編集者のI藤様。書き下ろし小説の書き方がわからず、前作に引き続きデカい赤ちゃんだった私を根気強く導いてくださり、本当にありがとうございます。健《たける》の心情の描き方について頂いたアドバイスは特に、今後の自分にも影響する金言でした。

イラストレーターのれーかるる先生。この小説は、敢《あ》えてキャラクターのビジュアルイメージを固めずに書きました。しかしラフを拝見した時には、彼らが以前から自分の頭の中にいたような錯覚を覚えるほどでした。本編も素晴らしいイラストで彩《いろど》っていただき、健や玲奈《れいな》たちが生きているように感じています。本当にありがとうございます。

その他にも、本作を世に出すためにご尽力くださった皆様。作家として二作品目を出すことができ、多くの方の支えがあってこそだと以前よりも強く実感しています。本当にありがとうございます。

そして読者の皆様。お手に取ってくださってありがとうございます。作者として、読んでいただけることは何よりの喜びです。わがままを言えば、私の好きなものを詰め込んだ作品を楽しんでいただけたら幸いです。

それでは、行数が限界なのでここまでで。また次巻でお会いできることを祈りつつ。

水棲虫

お便りはこちらまで
〒一〇二－八一七七
ファンタジア文庫編集部気付
水棲虫（様）宛
れーかる（様）宛

富士見ファンタジア文庫

# 現実《げんじつ》離《ばな》れした美《び》少女《しょうじょ》転校生《てんこうせい》が、親《おや》の決《き》めた同居《どうきょ》相手《あいて》で困《こま》る

令和6年4月20日　初版発行

著者——水棲虫《すいせいむし》

発行者——山下直久

発　行——株式会社KADOKAWA
〒102-8177
東京都千代田区富士見2-13-3
0570-002-301（ナビダイヤル）

印刷所——株式会社暁印刷

製本所——本間製本株式会社



※定価はカバーに表示してあります。
●お問い合わせ
https://www.kadokawa.co.jp/（「お問い合わせ」へお進みください）
※内容によっては、お答えできない場合があります。
※サポートは日本国内のみとさせていただきます。
※Japanese text only

ISBN978-4-04-075343-0 C0193 ◇◇◇

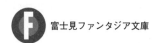

切り拓け！キミだけの王道
ファンタジア大賞
原稿募集中！
賞金
《大賞》300万円
《金賞》50万円
《銀賞》30万円
選考委員
細音啓「キミと僕の最後の戦場、あるいは世界が始まる聖戦」
橘公司「デート・ア・ライブ」
羊太郎「ロクでなし魔術講師と禁忌教典《アカシックレコード》」
ファンタジア文庫編集長
前期締切 8月末日
後期締切 2月末日
公式サイトはこちら！ https://www.fantasiataisho.com/
イラスト／つなこ、猫鍋蒼、三嶋くろね